典范与重构

当代文学经典与话语探析

蒋述卓◎著

SPM 南方传媒　花城出版社

中国·广州

图书在版编目（CIP）数据

典范与重构：当代文学经典与话语探析 / 蒋述卓
著. -- 广州：花城出版社，2023.8
ISBN 978-7-5360-7113-1

Ⅰ. ①典… Ⅱ. ①蒋… Ⅲ. ①中国文学－当代文学－
文学研究 Ⅳ. ①I206.7

中国国家版本馆CIP数据核字(2023)第126160号

出 版 人：张 懿
责任编辑：杜小烨　梁宝星
责任校对：卢凯婷
技术编辑：凌春梅
封面设计：姚 敏

书　　名	典范与重构——当代文学经典与话语探析	
	DIANFAN YU CHONGGOU——DANGDAI WENXUE JINGDIAN YU HUAYU TANXI	
出版发行	花城出版社	
	（广州市环市东路水荫路 11 号）	
经　　销	全国新华书店	
印　　刷	深圳市福圣印刷有限公司	
	（深圳市龙华区龙华街道龙苑大道联华工业区）	
开　　本	787 毫米 ×1092 毫米　32 开	
印　　张	8　2插页	
字　　数	144，000 字	
版　　次	2023 年 8 月第 1 版　2023 年 8 月第 1 次印刷	
定　　价	58.00 元	

如发现印装质量问题，请直接与印刷厂联系调换。
购书热线：020-37604658　37602954
花城出版社网站：http：//www.fcph.com.cn

经典既是典范的，又是流动的。

自 序

    对当代文学经典研究发生兴趣，起因于2019年初我与陈剑晖、贺仲明一起为广东高等教育出版社担任一套丛书——"当代文学经典研究丛书"的总主编。该丛书一共13本，其中一本《新中国精神与文学经典建构》由我与贺仲明主编，第一章"中国当代文学与新中国精神"就由我和我指导的博士生、后为中山大学博士后的李石撰写。此套丛书本是为庆祝中华人民共和国成立70周年而筹划的，但为了保证质量，放慢了进度，各书统稿修改花了不少时间，一直到2021年7月才整体推出。这恰好赶上建党100周年的纪念。我与李石所撰写的章节即第一章，经过我们反复讨论修改，另外提炼之后写成2万字，以《新中国精神与文学经典的生成》发表在《中国社会科学》2021年第2期上。

    在《新中国精神与文学经典的生成》中，我们着重考察当代文学经典的生成与新中国社会主义实践历史的互动关系，对什么是"新中国精神"及其在特定时期的不同表现形态做了梳理，并以动态辩证的方式来看待中国当代文学生产机制的变化，探讨新中国精神如何通过审美转换成为当代文学经典生成的动力。这也就是说，经典既是典范的，又是流动的，在经过不同时代不同的阐释（比如"再解读"）之后，还是可以重构的。例如现实主义作品《平凡的世界》就经历过起伏跌宕的过程，最后在新时代里被确认为经典。文学经典化就是一个历史化过程，它受到媒介生态、社会体制、思想观念、审美标准等社会历史条件的多重制约，也要回应现实社会与时代精神的变化，在新的时代语境中实现价值确定。正是从这点出发，我后来继续考察了中国当代文学现实主义叙事传统的构建，写作了《中国当代文学现实主义叙事传统的建构及其意义》，从文学理论的原理和中国当代文学现实主义发展历史，以及中外文学相互交融的层面，肯定了中国当代文学现实主义叙事传统的形成，并揭示出它所具有的价值和意义。

在经典和文学传统的生成中，国家话语也就是国家意志所起到的作用是巨大的。从政治诗学的角度看，文学经典与传统的生成脱离不了意识形态，然而，在新中国发展历史中，国家文艺话语的形成又是合力构成的，而不是单一元素作用的结果，它包括有形与无形两个层面。有形的是领导人的讲话、国家的文艺政策及文艺组织机构；而文艺理论、舆论批评、评奖制度看似有形，却常以无形的形态运行，市场要求文艺接受读者的检验，它像一只无形的手，与文艺理论、舆论批评和评奖制度一起体现出国家话语的内在调控力量。这便是我写作《国家话语与新中国文学的特征》的核心观点。

进入新时代，中国精神的文艺表达，寻找什么样的话语和表现途径，怎样建构中国文艺理论的话语体系，尤其在互联网高度发达的时代，文艺评论有什么样的应对之策，也是我们在如何生成与重构经典过程中必须重视的。经过改革开放40多年来的探索，对中华文化传统的继承与创造性转化，对外来文学的吸收与融合，作家们的眼光更开阔了，文化自信更强了，写作手法更多样了，作品风格风貌也在发生着新的变化，这对评论家提出了更高要求。适应挑战，提出新命题，讨论新话语，将会成为评论家的常态。也正是在不断评论、不断阐释的过程里，典范才会形成，才会重构。

蒋述卓

2022年11月16日

目 录

上 辑

新中国精神与文学经典的生成 / 3

国家话语与新中国文学的特征 / 44

中国共产党对社会主义文艺格局的构建 / 73

彰显文艺作品中青年形象的价值引领性 / 84

中国当代文学现实主义叙事传统的建构及其意义 / 92

新时代文艺中国精神表现途径初议 / 115

坚守人民立场，为时代书写生生不息的人民史诗 / 123

责任与使命：建构新时代中国文艺理论话语体系 / 131

下　辑

生态文学的时代价值与文化意义 / 147

"微"时代文艺批评活动的定位与正向建构 / 154

粤港澳大湾区文学的文化底色与未来品质 / 168

南方意象、"倾偈"与生命之极的抵达
　　——评林白的《北流》兼论新南方写作 / 185

文化理性与潮汕精神
　　——评长篇小说《平安批》的文化书写策略 / 197

追寻与抵抗：多重文化语境中的精神行旅
　　——评陈河的《天空之镜》/ 215

民间视角与文化情怀
　　——评谢友祥的历史小说创作 / 226

上

辑

新中国精神与文学经典的生成

　　所谓"经典"，从观念层面来讲，代表一种追求典范的自觉意识，并相信最高文化等级序列的存在。"经典"具有一种超越性，其价值不会因时空变化而动摇。从物质层面来看，"经典"需要通过具体作品来体现，这些作品具有永恒性和典范性，可以传之后世，发挥教化人心的功能。"经典化"就是对经典作品的筛选和建构过程，而经典作品的筛选标准也会随着社会和时代风气的变化而变化。从这个角度来看，"文学经典"是在文化时空流转中逐渐积淀而成的典范作品，不仅作为一种具有感召力的审美形式，同时作为一种最高的审美等级，影响着不同文化传统的审美记忆和精神基因的形成。与此同时，文学的审美标准同样随着时代变迁而不断更新。一种审美典范如果脱离了自身的历史和社会根基，就容易变成程式化的审美惯性。因此，从历史性和现实性的双重视角来看待"文学经典化"就有其必要性。文学经典化是一个历史化过程，它既受到媒介生态、社会体制、思想观念、审美标准等社会历史条件的深刻制约，同时也通过积极回应现实社会与时代精神的变化，推动文学和文化传统在新的时代语境中实现自我革新和价值转换。

20世纪中国文学传统的形成，根本上是由一种对中华民族生存危机的强烈意识和改良中国的现实诉求以及中国的现代化进程所推动的。而新中国文学的发展及文学经典的生成则与新中国精神密切相关。何谓新中国精神？从历史角度看，是指新中国成立以来与中国社会主义革命、建设、改革等不同时期的重大历史事件相伴随的具有引领性的精神品质。习近平总书记指出，"实现中国梦必须弘扬中国精神。这就是以爱国主义为核心的民族精神，以改革创新为核心的时代精神"[1]。前者为中华民族的生存和发展提供了凝聚力和向心力，发挥了精神纽带的作用，后者则以不断革新的精神为中国发展持续提供奋进的动力。在新时代，我们需要大力弘扬这些精神。当下，新中国精神体现为以社会主义核心价值观为灵魂的新时代中国精神。因此，对新中国精神的具体表述也随着时代而变化。新中国精神既具有历史性，也具有实践性及"未完成性"，其概念的内涵和外延需要通过一系

---

① 习近平：《在第十二届全国人民代表大会第一次会议上的讲话》，载《习近平谈治国理政》，外文出版社，2014，第40页。

列社会实践（当然也包括文学实践）来丰富和发展。

新中国精神为社会变革及民众力量的召唤提供了重要的精神凝聚力、推动力。不管是从历史还是现实角度来看，新中国精神都发挥着而且将持续发挥引领作用。一方面，新中国精神总是需要确定的感性符号载体来呈现，因此，国家意志往往限制并规约着文学的生产，决定着文学的语言、想象、虚构等方式；另一方面，新中国文学是新中国精神的审美表达，其作为一种感性媒介所具有的情感强度、审美潜力，使国家意志能够充分渗透、影响并塑造民众的情感结构和精神世界。新中国精神与新中国文学的互动关系表明，新中国文学的发展进程，不仅受到社会主义实践过程中国家意志的制约，同时，其更为强大的精神动力还在于文学与政治之间的复杂互动。

一、文学中新中国精神的演变历程

从文学与政治的关系考察新中国精神的演变历程，离不开对新中国文学发展史的理解。新中国文学主要是在中国社会主义革命、建设、改革等不同时期，在文学创作与国家政治实践的互动过程中逐渐生成的，具有鲜明的政治性和现实性。本文试图将新中国文学与不同时期"新中国精神"的演变历程结合起来进行考量，因此，只要是1949年以后参与到中华人民共和国文化生态的变化、文化观念的更迭、文化精神的变迁过程中的文学，都可视为新中国文学。

新中国精神与新中国文学是相辅相成的，二者之间存在一种互动关系，共同影响并限定了不同时期的文化观念与精神走向。这种互动不仅集中反映出一个时代有一个时代之文学的文学史观，表现出文学反映时代与现实的一般规律，同时也在深层次上传承了中国古代文论中"文以载道"的创作理念和传统。我们将文学中的新中国精神的演变历程大致划分为四个时期，考察不同时期新中国精神与文学的互动关系，并由此呈现文学中的新中国精神与文学经典生成的内在关联。需要预先说明的是，这里对不同历史阶段文学中的新中国精神的概括，着眼于每个时代的主要精神特征，并不代表某种精神只属于某个特定时代。

（一）1946—1976年文学中的新中国精神

这段时期，"十七年文学经典"是呈现新中国精神的重要感性载体。这一时期文学中的新中国精神主要表现在如下三个方面。

1. 爱国主义精神。在人民解放战争中，中国共产党领导的军队能够取得摧枯拉朽的压倒性优势，不仅仅在于军事力量的由弱到强、由小到大，更重要的是民心向背所带来的精神凝聚力。20世纪惊心动魄的革命战争史，特别是30年代以来在延安的革命实践中形成的延安精神，为新中国文学早期的创作提供了丰富的创作经验、创作题材、创作动力。新中国成立初期，何其芳的《我们最伟大的节日》、邵燕祥的《我们爱我们的土地》、胡风的《时间开始了》、郭小川的《投入火热的斗争》和《致青年公民》、贺敬之的《放声歌唱》等政治抒情诗继承了革命文艺的传统，将诗人的感性触觉深入时代与政治的洪流之中。这些抒情诗作有的热情歌颂新中国的诞生，有的赞扬在社会主义革命中艰苦奋斗的优秀人物，以强烈的爱国主义精神鼓舞人民克服困难险阻、建设祖国。这些作品中的喜悦与欢呼是由衷的，是革命者在奋斗后取得胜利的激情迸发，是延安时期集体主义与乐观主义的延续，同时，作家们又赋予了这些作品新中国的朝阳气息和世界眼光。

十七年革命历史题材小说，无论是《三家巷》《青春之歌》《红旗谱》等对革命斗争的描写，还是《风云初记》《苦菜花》《铁道游击队》等对抗日战争时期中国共产党带领人民不屈不挠抗战的历史再现，抑或《保卫延安》《红日》《红岩》等对解放战争时期无产阶级为解放事业而殊死搏斗的事迹的叙述，这些具有浓郁革命史诗、英雄史诗色彩的文学作品，书写和记录了党和人民在不同时期为新中国革命事业而浴血奋战的英雄事迹和丰功伟业，弘扬了崇高的爱国主义精神、革命英雄主义精神，以及坚定的理想主义信念。十七年革命历史题材小说对革命战争的呈现，不仅仅是对中国人民争取独立解放历程的回顾，而且在回顾中写出中国人民坚忍不拔、不怕牺牲的奋斗精神，为新中国的社会主义革命、建设实践提供了强大的精神动力。

2. 独立自主、自力更生、艰苦奋斗精神。中国社会主义建设充满了艰难曲折，在社会主义建设起步阶段，国家实践缺少可以遵循的历史经验，而且还面临着发达资本主义国家的封锁与遏制。因此，新中国的发展必然需要寻求独立于西方资本主义国家之外的发展模式，在独立自主、自力更生中探索适合中国国情的社会主义现代化道路。"两弹一星"精神就鲜明地体现了这种独立自主精神。在20世纪50—70年代，我国在科学技术条件还非常落后的情况下，集中力量克服困难，以强大的自主探索和创新精神，相继成功发射了导弹、原子弹、氢弹和人造卫星，极大地提升了中国的军事力量和国际地位，为建设社会主义现代化强国奠定了军事和科技基础。

新中国的社会主义现代化建设，首先是逐步实现国家对农业、手工业和资本主义工商业的社会主义改造，进而逐步实现国家的社会主义工业化。为此，新中国开展了大规模的农业生产合作化和工业体系建设，这个时期的文学创作具体呈现了人民群众自力更生、艰苦奋斗的创业图景，表现了人民群众在共产党带领下参与社会变革，以自己的双手建设社会主义国家的尊严感、自豪感。

十七年农村题材小说，如《三里湾》《创业史》《山乡巨变》等反映的正是中国农民自力更生，合作互助，最终完成农业生产合作化的历史。柳青的《创业史》讲述了中国农村社会主义革命发生的具体原因和历史过程。小说不仅刻画了梁生宝这一"社会主义新农民"形象，他在合作化过程中克己奉公，积极团结和带领农民走合作化道路；同时还塑造了梁三老汉、郭振山等对合作化心存疑虑或竭力阻挠的旧农民形象。周立波的《山乡巨变》同样呈现了农民的心理转变历程。这背后是对中国农民翻身做主人，共同走向社会主义建设道路的艰苦奋斗精神的写照。

十七年工业题材小说尽管没有农村题材小说那么大的规模和成就，但《铁水奔流》《百炼成钢》《乘风破浪》《在和平的日子里》等对中国社会主义现代化工业建设图景的描绘，呈现了作为历史进步力量的工人阶级的劳动和生活场景及其昂扬的精神面貌。

十七年时期经由文学作品而呈现的人民的独立自主、自力更生、艰苦奋斗精神，其本质是一种"主人翁意识"。十七年文学鲜明地体现了人民当家作主、人民创造历史的意志，也为后来改革开放时期的社会主义建设提供了重要的精神财富。

3. 民族团结精神。在社会主义建设中，民族团结对新中国的凝聚力和向心力的增强有着重要的精神支撑作用。新中国文艺的繁荣，在题材上体现为小说、诗歌、戏剧、散文等创作上的勃兴，在地理上则体现为不同民族的文学创作的丰富与发展。在诗歌创作上，维吾尔族的铁衣甫江和克里木·霍加、蒙古族的纳·赛音朝克图和巴·布林贝赫、藏族的饶阶巴桑、朝鲜族的金哲、白族的晓雪等少数民族诗人，立足于各自的民族传统，以独特的民族风格创作了一批歌颂新中国诞生、表达人民翻身做主人之喜悦的诗篇。这一时期的其他少数民族文学作品还包括蒙古族作家玛拉沁夫的长篇小说《茫茫的草原》、彝族作家李乔的长篇小说《欢笑的金沙江》等。少数民族文学创作的繁荣正是民族团结大合唱的重要象征。在这一时期，少数民族文学逐渐摆脱以往的原始散佚状态，从"口头文学"向"书面文学"过渡，越来越多"少数民族文学"得到搜集、整理和翻译。新中国成立后，我国整理出版了藏族英雄史诗《格萨尔王传》、柯尔克孜族英雄史诗《玛纳斯》和蒙古族英雄史诗《江格尔》等。在漫长的历史发展过程中，这些英雄史诗作为各族人民集体智慧的结晶而代代相传，反映了不同民族的宗教信仰、文化传统和民族心理，表达了少数民族人民想象与向往美好生活的共同诉求。对这些史诗的搜集、整理和翻译呈现了新中国多民族团结奋进的精神面貌。

（二）1977—1991年文学中的新中国精神

20世纪70年代末期，围绕"实践是检验真理的唯一标准"问题引发的大讨论，开启了新时期的思想解放运动。这一思想解放运动在文学界的反响，表现为对人性问题、人的价值问题、人道主义问题的探讨和争论。而新时期文学创作既振奋抚慰了民众的精神，同时又重新凝聚起社会主义建设的精神动力。这一时期文学中的新中国精神具体表现为以下三种精神。

1. **反思精神。**"伤痕文学""反思文学"重新接续"五四精神"，以新的热情参与社会主义现代化建设的"新长征"。以1977年刘心武的《班主任》为开端，到卢新华的《伤痕》、宗璞的《我是谁》、叶辛的《蹉跎岁月》、周克芹的《许茂和他的女儿们》、从维熙的《大墙下的红玉兰》等，这些作品既符合改革开放初期国家政治和民众情感的双重需求，同时也是对"人的文学"、人道主义精神的积极呼应。因时代局限，"伤痕文学"的反思其实还十分有限，比如刘心武的《班主任》表面呈现了人民教师的心理活动，但知识分子个体的心灵冲突和自省是被悬置的。相比之下，以茹志鹃的《剪辑错了的故事》、王蒙的《蝴蝶》和《布礼》、礼平的《晚霞消失的时候》、鲁彦周的《天云山传奇》、张洁的《爱，是不能忘记的》、戴厚英的《人啊，人！》、古华的《芙蓉镇》等为代表的"反思文学"，进一步深化了"伤痕文学"的反思力度。"反思文学"的深刻性在于，它不再仅仅将控诉的对象局限在政治和时代层面，而是从个人的心灵叩问中进行切身的思考和反省。在这方面，王蒙的作品具有代表性，他的《蝴蝶》《布礼》不仅延续了《组织部来了个年轻人》对官僚主义的批判，通过描述知识分子或国家干部的曲折命运来反思过去的历史，同时在反思中又保持着对理想主义信念的执着和对国家民族未来的展望。

2. 改革开放精神。改革开放是当代中国的深刻变革，国家工作重点由以阶级斗争为纲转向以经济建设为中心，这就需要进一步解放思想，不断发展生产力，调动人民的积极性参与到新的社会变革中。但是，任何社会转型都是艰难的。因此，改革开放从表面上看是经济层面的变革，但是要真正深入推动改革开放的进程，就必须落实到思想以及文化观念的改变上。"改革文学"就是在这样的语境中产生的。蒋子龙的《乔厂长上任记》、张洁的《沉重的翅膀》、李国文的《花园街五号》、柯云路的《新星》等，整体上表现了人们积极投入改革开放的时代大变革，以及将改革进行到底的决心和意志。最为典型的是《乔厂长上任记》，小说讲述的是重型电机厂厂长乔光朴在工厂生产萎靡不振的情况下临急受命，凭借扎实的知识和管理才能，通过大刀阔斧的改革，恢复并促进了工厂的生产。某种程度上，这是对十七年时期工业题材小说的延续，但放在改革开放的背景下来写却更为真实地揭示出新时期工业改革面临的问题和需要克服的困难。乔厂长的英雄形象既投射了民众普遍的变革诉求和心理期待，也在改革开放深刻的社会变革中凝聚了普遍的共识：改革与发展是中国经济、社会与文化进步的硬道理。

3. 与时俱进精神。与时俱进，就是要克服一切抱残守缺、故步自封的保守观念和心态，在社会改革实践中摆脱陈腐的教条、僵化的模式、落后的观念。这归根到底是要保持与时代同频共振，把握时代变化，以实事求是的精神不断开拓创新。这一时期国家实践与文学改革共同推进，而文学与时俱进的革新精神，主要表现在文学创作对旧有的审美惯性、审美定式的突破上。20世纪七八十年代，从"朦胧诗""寻根文学"到"先锋文学"的发展，其实是由文学的创新焦虑推动的，其创新焦虑源于世界视野中的国外文学的强势影响。以阿城的《棋王》、王安忆的《小鲍庄》、韩少功的《爸爸爸》、贾平凹的《商州》等为代表的"寻根文学"，尽管试图回到传统的、民间的文化中，构筑一种面向现代的新的文学精神世界，但这其实是在与国外文学的交流对话中，甚至在国外文学的刺激下，重新回归和彰显本土的、民族的精神传统。与此同时，莫言的《红高粱家族》、马原的《虚构》、余华的《河边的错误》和《现实一种》等先锋文学作品，无不是对西方现代主义文学、拉美魔幻现实主义等创作方法的本土化实践，尽管具体创作风格因人而异，但这些作品打破了以往的文学叙述规范，以强烈的主观创作意图和文字游戏的叙述方式，将读者拉入文学语言的迷阵。

从"伤痕文学""反思文学""改革文学"到"寻根文学""先锋文学"，各种文学思潮的演变，是新时期作家重新接续"五四"新文化传统，进而在与国外文学的对话交流中迸发出的文学创造。当然，无论文学领域对以往的文学观念、文学标准的反叛多么激烈，它依然构成中国社会主义现代化的宏大叙事的重要部分。可以回想一下，早在1979年邓小平《在中国文学艺术工作者第四次代表大会上的祝词》中，就对文学与政治的关系进行了重新表述，并强调要尊重文艺创作的自由。因此，改革开放时期文学思想观念的与时俱进、不断寻求突破和创新的姿态，依然是对文学中的新中国精神的丰富与拓展。

（三）1992—2012年文学中的新中国精神

这一时期文学中的新中国精神主要表现为多元共融精神。1978年以来陆续提出的"以经济建设为中心""我国所要解决的主要矛盾，是人民日益增长的物质文化需要同落后的社会生产之间的矛盾"等观念成为时代共识。随着改革开放进程加速，社会主义市场经济迅速崛起和媒介变革，中国社会逐渐呈现出多元的文化生态。文学中的新中国精神的丰富与拓展，表现为主流意识形态、精英文化与大众文化的"多元共融"文化生态的形成。

多元化趋势与中国社会主义市场经济的崛起紧密相关。随着市场经济的发展，消费主义逐渐开始冲击传统的价值观念和道德伦理。最早对市场化浪潮进行反思的是人文社科领域的知识分子。20世纪90年代初的"人文精神大讨论"，整体上呈现了知识分子对被物质消费所包围的精神危机的反思。社会主义市场经济的发展满足了民众的物质需求，同时，大众文化的兴起满足了民众的精神生活。通俗文学、大众读物、流行歌曲、影视剧等构成了民众精神生活的重要面向。

事实上，大众文化对特定时期文化生态和精神空间的开拓产生了很大影响。比如金庸的武侠小说，叙述语言上的通俗性及其对中国传统文化的创造性想象与重构，更为重要的是，其对人性的美丑、善恶等问题的思考，均拓宽了人们对人性和人的精神世界的理解，也使其在中国乃至华人世界产生了巨大的影响。尽管金庸小说最初是在20世纪50—70年代发表的，但它真正产生广泛影响则要到80年代，在90年代才迎来经典化的过程。整体上看，金庸小说的经典化，是经历了民间的广泛阅读和接受，并借助文化产业中大规模的影视改编和不断的重拍、翻拍，同时经由严家炎等一批现当代文学史家的批评和阐释来完成的。

对通俗文学传统的正视，有助于重新认识通俗文学的娱乐功能，并积极引入市场的力量促进类型文学的发展。同时，主流文学也在不断调整自身的姿态，对一些质量比较高的类型文学进行褒奖。以往被定义为类型文学的悬疑小说、科幻小说，比如麦家的《暗算》、刘慈欣的《三体》，都获得极大的声誉。值得一提的是，麦家出版于2003年的悬疑类小说《暗算》在2008年获得第七届茅盾文学奖。茅盾文学奖能够让类型文学进入它的评奖体系，充分说明了主流文学在评选标准上的重要调整。当然，一方面，《暗算》在小说情节的推进、悬疑的设置、神秘气氛的营造上都力图满足类型文学读者的智性快感；另一方面，《暗算》的国家特工、军事间谍、战争等因素以及英雄人物为国家获取重要情报而不惜牺牲的崇高精神，也使得小说与主流价值观有着较大的契合度，使其成为新中国精神和英雄主义精神的一种呈现和表达方式。

在大众文化（特别在文学领域，网络文学的主流化成为一个重要命题）逐渐进入人们精神生活的过程中，主流意识形态的集体主义诉求和理想主义激情还在，精英文化传统对宏大社会命题的关注也还在。而且，主流意识形态、精英文化、大众文化其实一直在相互交锋中不断进行调整。《白鹿原》试图从传统和民间文化的深处挖掘中华民族的血性和生命力，通过叙述民间广阔大地上的家族秘史和革命传奇，表现了人与政治、族群、土地的关系，激活了作为民族精神重要内容的儒家传统文化的价值。阿来的《尘埃落定》对藏族风情的刻画、对藏民生活的描写，呈现出丰厚的藏族文化意蕴。王安忆的《长恨歌》讲述了上海女人在都市中的命运沉浮，成为女性主义文学的重要代表。贾平凹的《秦腔》延续了"寻根文学"的精神诉求，展现了改革开放以来陕南地区风土人情的变化。毕飞宇的《推拿》、刘震云的《一句顶一万句》刻画了普通人的生存处境。

（四）2013年以来文学中的新中国精神

这一时期文学中的新中国精神主要表现为人民创造与人类命运共同体精神。新时期以来所确立的"人民日益增长的物质文化需要同落后的社会生产之间的矛盾"，在新时代被表述为"中国特色社会主义进入新时代，我国社会主要矛盾已经转化为人民日益增长的美好生活需要和不平衡不充分的发展之间的矛盾"[1]。新时代中国特色社会主义的发展面临着新的形势、新的变化、新的问题、新的矛盾、新的挑战。因此，党的十八大以来，如何在坚持和发展中国特色社会主义，统筹推进"五位一体"总体布局和协调推进"四个全

---

[1] 习近平：《决胜全面建成小康社会 夺取新时代中国特色社会主义伟大胜利——在中国共产党第十九次全国代表大会上的报告》，人民出版社，2017，第11页。

面"战略布局的进程中，不断解决这些矛盾和问题，也就成为新时代治国理政的重要任务。

在全球化时代，国家作为政治共同体，在激烈的国际竞争中一直面临着如何确证自我存在方位的压力。因此，如何在多元分化的文化现实及激烈的国际竞争中，确立自身的精神价值表述，也就成为构建国家文化软实力的重要工程。而人类命运共同体精神既是从文明发展史角度承认并尊重不同国家、民族、文化发展的多样性，在文明的多样性中认识自身的独特性和差异性；也是从国家实践的现实角度，以世界眼光和全球意识来确认中国特色社会主义道路的世界性价值。

新时代，文学事业与中国特色社会主义事业的关系，应纳入人民创造与人类命运共同体的精神构建中来理解。伟大事业需要伟大精神，也需要伟大的文学来反映。新时代中国特色社会主义道路是一场推动我国社会全方位变革的"史诗"实践。在这伟大的社会实践中，"13亿多人民正上演着波澜壮阔的活剧，国家蓬勃发展，家庭酸甜苦辣，百姓欢乐忧伤，构成了气象万千的生活景象，充满着感人肺腑的故事，洋溢着激昂跳动的乐章，展现出色彩斑斓的画面"①。文学要有讲好故事的能力和创作史诗的雄心，为人类提供中

①习近平：《在中国文联十大、中国作协九大开幕式上的讲话》，人民出版社，2016，第11页。

国经验。一方面，这是为世界贡献中国经验，另一方面，中国人民也需要在伟大实践和伟大史诗中汲取力量。这一时期的优秀作品如《这边风景》《人世间》《人民的名义》《中国桥——港珠澳大桥圆梦之路》，以及电影作品《十八洞村》、电视剧作品《岁岁年年柿柿红》等，正是着力抒写人民情怀和表现人民创造的精心之作。

当然，对人类命运共同体精神的呈现，还有待文学创作者的积极参与和实践。在这方面，以刘慈欣科幻小说改编而成的电影《流浪地球》可以说初步呈现了人类命运共同体精神。电影讲述了人类为避免在太阳的老化膨胀中被毁灭的命运，而集结全球资源在地表建设一万座行星发动机，将整个地球推离太阳系，从而开启宇宙流浪的千年之旅。这部电影以中国人为主角，自然呈现出独特的中国选择，比如在人类移民方案上，与同题材的美国科幻电影《星际穿越》不断寻求外星移民方案不同，《流浪地球》在灾难面前没有选择抛弃地球，而是倾尽全人类的力量带着地球流浪，这是中国人强烈的家园意识的体现。"流浪地球"是一个必须经历五个阶段一百代人不懈努力的宏伟计划，这种历史和时间意识呈现了独特的中国精神、中国价值。

二、新中国精神与文学经典的互动生成逻辑

　　国家意志与文学实践的互动对新中国精神的形成发挥了重要作用，同时也产生了众多文学经典作品。当然，国家意志是显性因素，经济体制、社会心理、思想观念等多重因素的复杂作用，同样也微妙而隐秘地影响着文学经典的生成。即便如此，这并不妨碍我们以一种清晰的逻辑关系来概括新中国精神与文学经典的互动关系。首先是国家意志作用于文学体制，从而进一步规约文学创作；其次是文学创作者需要将国家意志内化为自身的精神和情感结构，创造出具体的作品，以艺术的感性形象来感召受众；最后，文学作品必须引起受众的普遍反响和关注，并经过理论批评家的不断介入和阐释——这是新中国文学经典生成的一般规律。换句话说，新中国文学经典的生成一般须经过"文学制度—文学创作—文学批评"三个环节相互交织、相互制约的辩证发展过程。

　　第一，新中国精神需要经历一个审美转换过程，也即将精神落实到具体的文学生产机制的运作中。用审美转换来指称新中国精神与文学的有机联系，是因为文学作为一种精神生产，总是受到国家意志的规约和限制，需要在新的时代精神状况中调整自身的应对方式和运作方式。新中国文学总会随着时代发展不断调整自身的姿态，逐渐确立新的存在方式

并生成新的文学经典。以这种动态发展、辩证的眼光考察新中国文学生产机制的变化，可以更好地探索文学经典的形成轨迹。在这个过程中，国家意志、作家群体和人民群众三者之间构成一种互动关系，并体现在文学机构、文学政策、评奖机制、传播机制、文学创作、文学理论与批评等多重因素复杂交织的网络之中。

在新中国前30年文学的生产机制中，国家意志、作家群体、人民群众三者的关系非常紧密。国家意志在政治立场、写作题材、表达内容、艺术形式等观念层面对文学进行引导和规范。这一时期的文学是在1949年前的"工农兵文艺"传统和"左翼文学"传统等的基础上建立起来的。新的时代背景要求作家从"五四"新文化的精英的、启蒙的立场，转向社会主义现实主义的人民的、大众化的立场。在调整并适应了新的文学生产机制之后，文坛产生了大量优秀作品，呈现了新中国的精神面貌，反映了中国社会主义革命、建设的历史经验，并引领了社会主义文艺的发展。

后40年，尽管国家意志依然支配着作家的话语表达（共同完成对现代化的政治和文化想象），但是作家主体性却得到了很大的彰显，甚至形成了有着高度自主运作能力的"文学场"。它通过文学共同体内部认可的艺术性标准，对文学作品进行学院化的评价，并在立场上包含对政治和市场的双重疏离。根据"输者为赢"的标准，在市场中越受欢迎的作品，往往越难以获得学院评价体系的认可，反之，在市场中坚持自身创作原则的作品，即便得不到受众的关注和支持，却往往能够获得学院内部的肯定。但是，这种将艺术与市场进行对立和割裂的方式，却显示出某种清高和固执。而互联网时代的到来，以及不断加深的市场化、大众化趋势，使长时间被压抑的通俗文学市场突然间蓬勃生长起来。由此，文学的生产不再仅仅由政治意识形态或者内化了国家意志的作家的文学想象来决定，还逐渐在一定程度上被市场的消费需求所支配。中国当代文化生态随之迎来了主流意识形态、精英文化与大众文化的多元共融时期。陈思和认为这是一种"无名"状态[1]，即在多元趋势下，各种文化思潮和观念的更迭变换，使人们难以用准确的概念来界定时代的、文化的、文学的状况，对这种状况无法达成统一的认识。

但是，所谓"无名"状态其实是社会价值重建过程中必定会经历的阶段。在价值重建过程中，现实主义得到重新强调，后40年与前30年的接续使当代文学又形成了一个连续体。近年来，国家意志进一步强化文学与中国特色社会主义事业的有机联系。文艺事业是党和人民的重要事业，文艺战线是党和人民的重要战线。"事业"和"战线"这两者构成了目标与实践、目的与手段的关系。从整体上看，这是对

---

[1] 参见陈思和主编：《中国当代文学史教程》，复旦大学出版社，1999，第14页。

1942年延安文艺座谈会中确立的"文艺为工农兵服务"以及新时期"文艺为人民服务、为社会主义服务"的延续，又是在新的语境、新的形势下，推动文艺事业发展的内在需求。国家意志在强调文艺事业的政治要求、时代意义和价值导向的基础上，不断增强和拓宽社会主义文艺的号召力和包容面，寻求新的表述方式重新涵盖不断扩大的时代精神内容。比如强调文艺对巩固发展最广泛的爱国统一战线的重要作用，强调不同媒介的传播力量、不同文化传统的创新融合，强调作家协会对新文艺组织和群体的引导，等等。那么，重新界定国家意志与人民群众的关系、国家意志与作家的关系、作家与人民群众的关系，具体来讲，就是重新认识文学创作与社会、政治、经济、历史、现实等因素的关系，调整文学的组织方式和运作方式，重构文学与时代的关系。这是新时代推动优秀作品和文学经典生成须解决的重要现实问题，需要依托70年来形成的处理文学与政治关系的重要经验进行积极探索和创新。

第二，新中国精神需要文学提供审美感召力。政治审美是国家意志揳入个体情感结构的重要手段，国家意志往往通过"文学"的形式，以感性形象召唤民众。"政治作为人的一种生存向度，也是情感的、感性的人的活动，在其中投入了人的诸多感性力量，包含着人的激情、想象、生命意志乃至性情气质。"①人的审美感性是政治实践的重要依凭对象，而政治美学实践往往须付诸一系列符号、话语、仪式等感性形式，并以此影响人的情感。那么，国家意志如何通过文学制度实现"政治美学"转化，对作家的思想观念和创作实践进行规约并潜移默化地影响文学作品的审美结构，也就成为揭示新中国文学经典生成的关键性问题。

本文试以新中国文学不同阶段的几部代表性作品进行分析。比如柳青的《创业史》。可以说，柳青是最为娴熟地运用社会主义现实主义方法写作的代表性作家，他的《创业史》为社会主义农业合作化的合理性提供了感性化的呈现与描绘。这是因为土地"私有"还是"公有"的问题，在当时农民群体中存在着尖锐的观念冲突，而《创业史》也真实地再现了这样的分歧。因此，要走集体主义的农业合作化道路，就需要改变旧农民身上保守、狭隘、自私的思想观念，进而教育和引导他们自觉认同社会主义的集体生产模式。但是，社会主义农业合作化不可能一蹴而就，新事物的诞生也必然面临与旧事物的斗争。在这里，政治美学的审美感召力就发挥了重要作用。梁生宝作为社会主义新人之"新"，在于梁生宝的孤儿身份切断了他与传统农民的血缘联系，从而使得梁生宝作为党的儿子、把党视为"精神之父"就变得顺理成章。李杨指出："将梁三老汉设置为梁生宝的继父，

----

① 骆冬青：《论政治美学》，《南京师大学报》2003年第3期。

这样的安排当然是大有深意的，它切断了我们的英雄人物与传统农民的血缘联系，使他能够彻底摆脱传统伦理关系的缠绕。"①这种血缘关系的切割，某种程度上完成的是对"私"情的摆脱，从而走向公有的、集体主义道路。在《创业史》中，柳青试图通过新的英雄人物来引领时代潮流，他让梁生宝作为党的代言人，不断通过政策解说和身体力行对农民进行思想改造，并巧妙地将梁生宝塑造成一个大公无私同时又有一点傻里傻气，实则大智若愚的青年。这种人物形象的美学处理巧妙地弥合了国家意志与人民群众的心理距离。

即使是新时期以来的寻根文学，虽然看起来是以文化寻根或者个人化记忆的面目出现，但依然与政治意识形态之间存在着某种隐秘的美学关联。如阿城的《棋王》。它叙述的是知识青年上山下乡的那段历史，但却以个人化的叙述风格呈现出鲜明的特征。谢有顺认为，阿城的《棋王》以一种个人的记忆、个人的眼光和个人的创造而具有标志性意义，因为小说并没有沉迷在知青叙事总体话语的苦难、浪漫或缅怀的情境里，而是通过王一生这个边缘性的个人，以及他迷恋象棋所流露出来的庄禅式的淡定境界，为这段历史留下了一个意味深长的记忆段落。②但人们很容易忽略，国家意识

①李杨：《50—70年代中国文学经典再解读》，山东教育出版社，2002，第154页。
②参见谢有顺：《先锋就是自由》，山东文艺出版社，2004，第6页。

形态往往通过美学化的方式存在于文学叙事中。《棋王》塑造了王一生木讷、寡言、憨呆的形象，对王一生对待吃的态度、吃的动作，他对棋道的追求和淡定境界都做了细致入微的叙述和描写。"吃"和"棋"代表了人在物质和精神两方面的需要，但同时也是社会主义发展进步的两个重要方面的隐喻——物质文明和精神文明。《棋王》对"吃"和"棋"的深刻揭示和肯定，既弥合了物质和精神的分裂，无意识中也回应了时代命题：物质文明与精神文明的统一。自然，梁晓声的作品，如《这是一片神奇的土地》《今夜有暴风雪》《雪城》，同样是写知青题材，呈现的则是他们的理想主义气质和英雄主义气概。他与阿城的个人化叙述丰富了当时知青文化的文学表达。从整体性角度看，梁晓声代表了另一种意义上的寻根。

因此，新中国精神的形成，离不开新中国文学的感性参与。新中国文学之所以始终在意识形态领域占据重要位置，也正是因为其作为意识形态的一种审美形式天然具有情感召唤作用。在文学与政治实践、社会现实的互动关系中，新中国精神需要不断被历史化，不断被赋予感性形式，从而反过来重构人们对时代的认知。

第三，新中国文学经典的生成离不开理论批评话语的介入和阐释。1949年以来，从十七年文学经典的形成，到新时期以来的"伤痕文学""反思文学""改革文学""寻根文学""先锋文学""新写实文学"等各种文学观念、文学思潮的演变和更替，有的是受到政治意识形态的支配，有的则是文学内部为寻求新的观念突破而引起的自发性变革。

在不同时期，判定文学经典的评价标准是不同的，而且评价标准的差异很大程度上受到理论批评话语的支配和影响。十七年文学的"经典性"认定，不仅是政治意识形态和理论批评高度统一的话语实践的产物，而且受到马克思主义文艺理论及批评的深刻影响。马克思主义经典作家强调"典型环境中的典型人物"，要求文学创作要把握好特殊和一般、个性与共性的统一，从而准确地反映历史、描述现实、刻画人物。社会主义现实主义或革命现实主义是马克思主义文艺理论在中国的表现形态，它作为一种占据支配地位的理论批评话语，使新中国文学产生了一大批典型人物、典型性格，这些文学形象为社会主义革命、建设、改革提供了感性的道德人格形象，并逐渐成为新中国精神构造的一部分。

20世纪80—90年代，文学观念的突破也是在理论批评方法的转换中完成的。一方面，形式主义批评、新批评、结构主义批评、接受美学、神话批评、精神分析、西方马克思主义、后现代主义、西方文化研究等多种理论话语方法的引介，使理论批评拥有更丰富的话语资源并得以重新审视以往的文学创作和文学观念。在这一契机下，文学开始向内转，并在疏离政治的过程中探索自身的自主性和独立性。另一方面，国内文学理论与批评开始面临来自海外汉学的学术话语的挑战。

20世纪80年代的"重写文学史"的冲动就源于这一刺激。事实上，文学作品进入文学史，很大程度上意味着它具有进入经典作品序列的可能。既然文学经典的生成与话语权力的运作密不可分，那么只要重新确立新的审美标准，也就具有了重新叙述文学史的前提。在"重写文学史"思潮中，人们试图以"文学性"的标准，要求文学摆脱政治意识形态的束缚，并建立新的文学审美原则。而在"文学性"标准面前，十七年文学经典就面临着被重新评价甚至被边缘化的处境。但是，"重写文学史"所隐含的对十七年文学经典的"反叛"意图，却再一次被"再解读"的文学批评话语所挑战。

"再解读"意味着再一次重读，本身包含着对"重写文学史"的文学评价方式的再一次审视。它试图悬置"重写文学史"对文学性的追问，以回到历史发生现场的方式，对十七年文学经典的生产机制进行客观而冷静的剖析和批评，从而揭示出文学文本与政治意识形态的复杂互动关系，以及在这一互动关系中十七年文学经典的历史价值和政治功能。当然，"再解读"的缺陷也是明显的，对西方解构主义的话语操练使其局限于高度知识化的批评阐释，而难以真正落脚于文学经典如何提供社会主义实践的精神动力这一基点之上。①

　　理论批评领域中文学经典观念的变化，的确是一个有趣的现象。例如，作为经典现实主义代表作的《平凡的世界》，尽管在20世纪80年代出版之初受到学术界的冷落，但这部小说在大众阅读层面至今仍有着极高的普及度，而读者的普遍认可反过来又促使学术界改变以往的评价标准。因此，《平凡的世界》的经典化，既是对《平凡的世界》的重读，也是对以往的解读方式和评价标准的"再解读"。而在网络时代，新的文化传播媒介的生成和影视大众文化的兴盛，不仅使文学经典的观念发生了很大的变化，甚至连文学本身的定义也受到了巨大的挑战。如同"文学"已经在某种程度上被散落在日常生活中的各种泛文学形式（广告、歌词、短信等）所替代，人们对"经典"概念的理解，也逐渐与古典文化中的经典观念产生了很大不同。传统经典观念往往把某种永恒性、唯一性、普遍性价值赋予"经典"，而现在，"经典"的概念已经渗透并泛化到日常生活特别是流行文艺的评价体系中。如果说，20世纪90年代金庸武侠小说的经典化更多体现的还是传统的经典观念，那么如今就连在

①作为后来加入的"再解读"作者，贺桂梅试图克服"再解读"的过分理论化倾向，而以个体身心体验的方式重新理解十七年文学经典中"革命的感性动力""革命主体的能动性和无我之境"。换言之，作为知识生产的文学批评话语，也在经历一种审美转换的过程。参见贺桂梅：《书写"中国气派"——当代文学与民族形式建构》，北京大学出版社，2020，第572-574页。

文化市场中越发趋向主流化发展的网络文学，也开始催生各种"网络文学经典作品"的排行榜（其背后有市场力量的推动，也有学院内部的话语加持），以及关于网络文学经典性的讨论。网络文学算不算文学经典？或者说，网络文学是否已经出现了足够与以往的经典文学相媲美的作品？本文认为还需要时间来沉淀。但是，如何应对市场化和媒介生态变化的挑战，如何在多元化趋势和现实的问题指向中重新建立新的文学经典评价标准，将成为新中国文学发展必须直面的当代性问题。

三、营造未来文学经典的良性生成机制

从新中国文学70年的历史看，新中国文学经典的形成，总是与时代保持着一种紧密的互动关系，使文学得以产生更为广泛的社会审美性。尽管文化多元化趋势导致文学经典的界限渐趋模糊，普遍性的审美认同的形成也面临更大的挑战，但这未必不是重建文学经典的契机。正如习近平总书记对文学经典的解释："经典之所以能够成为经典，其中必然含有隽永的美、永恒的情、浩荡的气。经典通过主题内蕴、人物塑造、情感建构、意境营造、语言修辞等，容纳了深刻流动的心灵世界和鲜活丰满的本真生命，包含了历史、文化、人性的内涵，具有思想的穿透力、审美的洞察力、形式

的创造力，因此才能成为不会过时的作品。"①这可以看成是对"何为经典"以及"作品在何种层面上能够成为经典"的相当宏观和精确的概括。但是未来新中国文学经典更为细致的评价标准的产生，还需要更大规模的文学实践来解答。

新时代的文学发展，必然立足于中国特色社会主义的实践。改革开放以来，中国积极地融入全球经济体系，推动经济建设，取得了举世瞩目的成就。在描绘中国、叙述中国的过程中，文学对中国精神的建构以及中国经验的呈现，能够为中华民族文化的复兴提供重要的文化自信力和精神支撑力。不过，从文学发展的内在逻辑看，未来新中国文学的实践还需要更为细致的思路与方案。新中国文学70年的历史，也可以为营造未来文学经典的良性生成机制提供不同面向的启示。

（一）重构文学与政治的关系

从新中国文学70年的发展演变中，我们可以认识到文学不可能完全脱离政治而存在。即便从世界文学的角度看，大量西方文学经典作品本身也包含着西方中心主义的文化霸权和意识形态。不过，文学和政治的关系需要立足新的时代发展状况而重新表述。

---

① 习近平：《在中国文联十大、中国作协九大开幕式上的讲话》，人民出版社，2016，第18页。

20世纪中国文学的重要面向，是文学被赋予了为现代民族国家的形成和发展提供精神动力的政治功能。十七年时期，文学服务于政治，服务于社会主义革命和建设，这在大方向上是正确的。但特定时期政治对文学的干预也的确给文学的发展带来了一些负面效果。新时期，政治对文学的统摄逐渐松动。当然，这一趋势是在国家文艺政策的主动调整和改革下进行的，而新时期文学的发展也在一定程度上得益于此。但值得警惕的是，20世纪90年代以来消费主义的高涨助长了一种去主流化、去历史化、去政治化的倾向。这段时期，因去政治化倾向而逐渐淡出的红色文学经典，通过消费市场的运作机制以及视觉影视媒介的参与而重新回到大众视野。但消费主义对革命文化的娱乐化和"反崇高"倾向，也产生了一定的负面影响。事实上，消费主义对革命文化的消解，一定程度上暴露出某种对政治的无知和偏见以及历史遗忘机制。

　　因此，重构文学和政治的关系，需要建立一种历史整体性观念。这十分紧密地关联着在消费主义的去政治化潮流下历史传统和革命记忆的重建，更为重要的是，它还关联着当代中国民众的国家情感认同和文化自信。然而，我们也要充分认识到历史整体性建构面临的困难和挑战。当代中国的生产力和生产关系已经发生了很大变化，工业化浪潮以及农村人口向城市的迁移，打破了原有的稳固的社会和血缘关系，当代大众面临着一种"原子化"的个体生存状态。尽管如此，任何社会个体都不可能完全脱离时代而存在。当前个体所处的状况是，随着全球化的不断深化，个体的物质生活和精神生活已经被深深地卷入全球化时代的劳动关系和生产关系中。尤其是网络时代信息传播的便捷，使得任何国际性重大事件，都能够迅速引起中国民众的心理情感反应。

在这一时代状况下，文艺工作者应努力发挥能动性，强化文学的现实品格，积极地适应时代与现实的需要，发掘和呈现中国实践所蕴含的广阔生活场景和丰富中国经验。那么，文学艺术如何更好地挖掘和表现中国经验，这是个重大课题。从世界性维度来看，文学与政治的关系可以通过文学对人类命运共同体的经验表达而呈现。但是，一方面，中国文学在面对世界的过程中，要避免一种"自我他者化"的逻辑。所谓"自我他者化"就是为了迎合"东方主义"的文化偏见而在作品中将中国形象丑化、异化，从而加深世界对中国原有的刻板印象，这种现象突出表现在20世纪80年代以来的一些影视作品中。另一方面，对中国经验的文学呈现，是向世界发出中国的声音，从而积极地改变世界（主要是西方）对中国的认知错位和偏见。

（二）根据时代发展调整对"人民"内涵的理解

以人民为历史的创造者，赋予人民以主体性，在新中国

70年历史进程中是始终坚持的。在文学层面，"以人民为中心"也一直是当代文学最为根本的创作立场和价值原则。但是，"人民"更为具体的内涵则需要根据时代和社会发展状况的变化而不断调整。

将人民视为创造历史的主体，是以马克思主义为哲学基础的。而马克思主义的人民性概念建立在人类解放的叙事之中。资本主义社会的形成，使人类摆脱了宗教神学的奴役，但是人从对宗教神学的依附中解放出来的同时，却再次被资本主义工业社会的劳动关系所奴役——人被"物"所异化和统治。马克思从资本主义对人类劳动的异化中，看到了全世界无产阶级普遍受到压迫的状况，并呼唤无产阶级团结起来共同致力于人类解放的事业。

在西方历史上，存在两种对立的现代性，一种是作为西方文明史一个阶段的现代性，这种现代性是科学技术进步、工业革命和资本主义带来的全面经济社会变化的产物，一种是作为美学概念的现代性，两者之间一直存在着不可调和的矛盾。①在马克思主义指导下的中国现代民族国家的建设中，我们对资本主义现代性有着深刻的警惕，而以人民为历史主体，正包含着对资本主义压迫性的抵抗。社会主义的建立就是为了确立人民的真正地位，就是要立足于马克思主义

①参见马泰·卡林内斯库：《现代性的五副面孔：现代主义、先锋派、颓废、媚俗艺术、后现代主义》，顾爱彬、李瑞华译，商务印书馆，2002，第48页。

对西方资本主义对人的异化状况的批判，从根本上改变资本主义的生产关系，从而确立人民的主体地位。

从20世纪30年代的文艺大众化运动提出文学与人民大众相结合，到1942年毛泽东《在延安文艺座谈会上的讲话》确立"文艺为工农兵服务"，再到新中国成立后蓬勃发展的社会主义现实主义文学，基本确立了"以人民为中心"的创作导向。人民主体性的文学呈现尤其体现在新中国文学对革命战士、农民、工人成长历程的叙述上，通过塑造中国优秀党员、军人、工人、农民等先进形象，传达社会主义革命和建设过程中的爱国主义、英雄主义、大公无私、艰苦奋斗等精神。这些作品既达成了增强读者革命意识的目的，又承担起将刚刚过去和正在进行的革命历史进行审美呈现的功能。此外，它们通常也会随着不同文艺表现形式的改编，如电影、话剧、连环画等，迅速并广泛地深入民众中间，在培育社会主义新人的旗帜下成为一套具有革命性和人民性的话语，如《红岩》《李双双小传》《创业史》等。对红色文学经典生产机制的揭示提示了一个重要问题：那就是很长时间以来，文学都是集体文化的产物，因此文学对人民的呈现不免存在着时代局限。而随着新时期文学对政治和人性的反思，关于人道主义的讨论形成了"文学是人学"的共识。在工业化浪潮以及人口向城市的大规模迁徙背景下产生的打工文学对城市打工群体、普通人的关怀等，都拓展了社会主义文学的人民性内涵。

更重要的是，中国社会主义市场经济的建立和发展，使文学进入市场化生产机制之中，从而导致"现代受众"浮出地表。以"人民"为核心概念所涉及的众多范畴，如题材、风格、语言、文体、技巧等，在面对市场受众的过程中，都面临着一定的冲击和挑战。在文化层面，读者出现分化，从美学的角度看，审美趣味也出现雅俗分化。这些问题只有在以市场交换为原则的文化生产机制中才会产生。因此，社会主义文学中的人民性，也必然需要接受现代读者的检验。一方面，中华民族的复兴、中国特色社会主义实践依然需要在情感和审美上召唤人民大众，从而为实现中国梦提供政治凝聚力。人民是新的历史时期中国特色社会主义实践的参与者和创造者。因而，历史上那些歌颂人民创造历史的文学作品及其呈现的新中国精神，依然构成新时代中国社会主义建设的重要精神财富。

另一方面，也要充分考虑到"人民性"与现代传播媒介受众之间如何产生共鸣的问题。接受现代教育的读者，其身上也体现着现代社会个体所具有的反思精神。以文学对英雄主义的呈现为例，20世纪80年代军事文学的主要内容是对中国军人战士及其英雄主义、爱国主义精神的刻画和描绘，是新的历史时期国家意志的审美化产物。但与此同时，军事文学又试图摆脱以往那种过于神圣化和道德化的英雄主义想象，而力图揭示主人公的可感性、世俗性和复杂的人性面貌。这一变化既受人道主义文学观念的影响，同时也是国家意识形态在文学中的通俗化呈现。

20世纪90年代，红色文学经典在市场化机制中的影视改编，是国家意志在新的媒介状况下的呈现。当然，红色经典影视改编在一开始受到了众多有着红色历史记忆的读者的批评和指责，这固然是其出于迎合新的观众市场而在革命叙事中渲染过多的情爱色彩所致，但是，随着市场化机制的成熟，《亮剑》《士兵突击》《潜伏》等优质主旋律作品的影视改编经受住了市场和受众的检验。在这里，人民的主体性精神，比如对革命历史的呈现，对爱国主义、英雄主义、理想主义崇高精神的歌颂，是这些影视作品的主题，同时这些作品又都体现出更多的类型文学意义上的通俗元素。换言之，红色经典的影视改编是为了适应现代传播媒介下的大众审美趣味的变化。这表明，根据时代发展调整、丰富文学作品的人民性内涵，可以深化作品的思想意蕴和人文情怀，促进受众对作品的接受，也有利于文学经典的生成。

（三）平衡文学批评的"自主性"和"中介性"

新中国文学经典的确立，不仅与文学思潮的兴替和文学观念的变化有关，而且与理论批评话语紧密相连。理论批评话语为文学变革提供了创作原则和创作方法上的支撑。从马克思主义文学批评，到新时期以来通过译介而引进的大量西方文学批评理论，使文学批评的方法得到丰富而多元的发展，但也导致当代文学批评方法呈现出某种复杂的矛盾性——文学批评既可以促进经典的形成，同时也可以不断解构经典以及经典形成的话语机制。文学批评方法的这种矛盾性也导致文学批评与文学作品之间的紧张关系。在阐释文学的过程中，如何平衡"自主性"和"中介性"，成为文学批评在确立其功能的过程中需要解决的问题。

在西方文学中曾经存在这样的观点，即文学理论和文学批评是文学的寄生虫。[1]也就是说，在文学作品、文学史面前，文学理论及批评更多扮演一种"中介性"角色，因此，文学批评没有自身的独立性。但是，20世纪中期以来，随着西方文化研究理论的兴起，理论及批评的重要性不断增强。文学理论及批评摆脱了以往的"寄生性"，主体性的强化使其不断僭越文学作品的地位。如果说，传统的文学理论及批评更多还是局限在文学作品、文学现象、艺术创作、美学经验等文学性领域，那么理论批评话语的不断扩张，其主体性不断增强的重要标志就是试图将一切对象都视为可供解读和剖析的"文本"，不管这种文本是文学的还是非文学的，是审美的还是非审美的。新时期以来，知识界对西方文学理论

---

①雷内·韦勒克：《批评的概念》，张金言译，中国美术学院出版社，1999，第4页。

和批评方法的引进，使中国文学理论及批评同样陷入"自主性"和"中介性"的矛盾之中。

对于理论批评话语的扩张及其对文学作品的僭越，2014年张江提出了"强制阐释"的概念，揭示出当代西方文论存在的"背离文本话语，消解文学指征，以前在立场和模式，对文本和文学作符合论者主观意图和结论的阐释"①等缺陷和问题。"强制阐释论"迅速引发国内众多文学研究者的积极回应和讨论。这是因为，当代西方文论对中国文学批评有着至关重要的影响。引发广泛的讨论，也说明它的确触及多年来文学批评中的一些根本性顽疾。

当然，对当代西方文论的反思，需要对其积极和消极影响进行辩证的评价。一方面，当代西方文论确实存在"强制阐释论"所揭示的众多问题。这些问题在西方的批评理论中表现得尤为突出。在西方的语言学转向中，批评理论将"批评"从所指与能指的指涉关系中脱离出来，视之为一种语言游戏，从而强化了文学阐释的主观性。但其最大的问题就在于容易陷入语言游戏的僵化模式之中，而悬置文学事实，忽视文学经验，让文学为自身的理论预设服务。这个问题不管在西方还是中国的文学批评中，都有着普遍性。另一方面，我们也要看到，批评理论也为我们重新反思过去的文学批评模式、在实践中创新文学批评的理论和方法提供了启示。

---

① 张江：《强制阐释论》，《文学评论》2014年第6期。

因此，问题的核心在于如何更好地界定文学批评的权力边界，如何平衡文学批评的"自主性"和"中介性"。本文认为，文学批评的"自主性"过强，会导致"强制阐释论"所指出的众多问题；但是，假如文学批评仅仅作为文学作品和读者之间的规矩的阐释者，那一定程度上也会削弱文学批评对文学创作的引领作用。而且，随着中国文学的生产和传播媒介的重心逐渐从纸质出版向网络发表转移，通俗文学市场中的作家作品与读者之间的交流越来越便捷，文学批评的权力也已遭到弱化。

媒介文化的"私人化"导致文学生产越来越部落化、分众化、碎片化，要重新确立一种主导性的文学当然有其难度。但新的历史时期，中国特色社会主义实践的发展必然会更加重视和强调文学的先锋性、主导性和时代性。文学批评应致力于构建新时代的文学经典，而文学经典的形成必然是历史性的。如果将介入文学文本的批评视为一次具体的阐释过程，那么，围绕特定文学文本的批评话语的历史积累，则构成了文学文本经典化的基础。简而言之，文学的经典化离不开批评阐释的参与，而不同时代的批评阐释的积淀，也就成为文学经典化的重要基础。因此，新时代的文学批评对文学经典的构建需要"批评的历史性"的积淀，这必然是一段很长时间的文学创作和文学批评实践过程。

（四）新时代中国文学经典的生成，需要落实到个体层面的文学创造

优秀作品的产生具有偶然性和特殊性，面向未来的新中国文学经典的生成离不开个体层面的文学创造。一方面，理论批评可以引领文学潮流，但是理论批评的有效性需要通过文学实践来检验和证明，在这个意义上，文学创作又是先于理论的；另一方面，文学创作者有着更强的感性呈现和认知能力，其对新的时代状况和社会环境的反应也最敏感，因此可以更为直接地触摸到时代的、现实的社会肌理和精神状态。

新中国精神在新时代的发展需要新的文学经典、新的艺术感召形式。问题在于，当代文学创作者应该如何回应时代召唤？个人与国家之间的关系，始终是至关重要的问题之一。媒介和文化的分化，使分散的、碎片化的原子个体沉迷于自我，这种趋势在某种程度上弱化了个体与整体的联系。而且，个体出于自我认同的需要而组成不同的群体相互疏离（当然，这种疏离更多只是以虚拟网络分众的方式呈现出来），对社会整体性造成潜在威胁。因此，如何发挥文学的政治和审美潜能，借助审美的力量重新连接不同个体之间的情感纽带，实现国家主流意识形态对构建社会普遍的、共同的价值的诉求，也就成为文学在当代的重要目标。在这方面，新中国精神与文学经典的互动经验成为新时代文学创作可以借鉴的重要资源。

此外，文学如今也面临着如何整合不同精神资源的难题。整体来看，新中国文学的传统资源主要由社会主义实践中的国家意志、在马克思主义影响下发展起来的革命文化传统、西方启蒙主义影响下的"五四"新文化传统，以及更为源远流长的中国优秀传统文化四个方面组成。换言之，文学在当代的任务不仅是要满足国家意识形态的政治诉求，还包括如何对待"五四"新文化传统，如何在中西方文化的融汇中探索本土化的创新之路，如何深入理解社会主义革命历史和实践经验，等等，使之与中国社会主义现代化建设更好地结合起来。

当然，更重要的问题是，在这些传统资源面前，文学（包括文学的创作者和阐释者）以何种姿态完成新的认知、新的阐释、新的创造，从而为中国的社会主义实践提供符合时代要求的精神动力？这是文学的"当代性"难题。陈晓明提出，当代文学要建构"文学的思想认识体系"①，这包含着建立一种共同的文学经验和思想认识的需求。当然，共同的文学经验和思想认识不可能被先在地确定，而必定是通过文学创作形成的。时代可以对文学创作提出要求，但文学创作却难以被纳入规定好的、统一的发展轨道。与此同时，文学创作者也不可能无视自身的历史文化传统和时代要求。因此，当代文学创作者对时代的精神内容、精神意象的捕捉，

①陈晓明：《先锋派之后：九十年代的文学流向及其危机》，《当代作家评论》1997年第3期。

总是会无意识地受到百年来甚至更为久远的文化传统的支配。心理学家荣格曾揭示出艺术创造的奥秘，他认为艺术家的创造性本能往往受到集体无意识的深刻影响，个体创造者总是在无意识中受到原型意象的驱使，创造出新的艺术形式。因此，在重新整合不同的文化精神资源的问题上，文学创作者要坚定文化自信，推动传统文化的创造性转化和创新性发展。与此同时，新时代文学艺术的创新必然要诉诸创作者的创造性本能，需要他们从历史的、时代的精神中重新构造出新的感性意象，呈现人民创造和人类命运共同体精神，在全球化和世界性维度中表达新的中国经验，在空间和时间层面实现广泛而普遍的审美效应，创造出不辜负时代与人民的经典文学作品。而文学理论及批评应该积极介入文学创作实践，促进新时代文学经典的生成。这是对文学"当代性"问题的一种开放式的甚至偏向理想化的回答，但归根到底，新时代中国文学经典的生成，最终需要诉诸既立足社会现实又深具审美感召力的文学创造。

（此文原载《中国社会科学》2021年第2期，第二作者为李石）

国家话语与新中国文学的特征

　　国家话语代表着一个国家的国家意志，是国家意志在政治、经济、文化、军事、外交、舆论宣传诸方面的具体体现。国家话语既是一定意识形态与价值观的载体，又是一种可化为有形之手的实践行为。在实践中，国家话语往往会超越意识形态，体现为具体政策并渗透到组织机制之中，制约和指导一个国家的发展方向。从文学的角度看，国家话语主要体现在国家文艺话语的层面，而国家文艺话语始终离不开政治、经济、舆论等其他国家话语。因此，在考察新中国文学的建构时，虽然我们看到的是国家文艺话语的作用，但放大去看，却是整个国家话语在起作用。本文意图探索在中国共产党领导下的新中国文学，如何在国家话语的指引下形成自己的特征，其中有什么经验教训，它们对新时代的文学发展有怎样的启示。

一

　　国家话语的形成是合力作用的结果，国家文艺话语也
不例外。在新中国诞生之时，文学就拉开了新的帷幕。时任
文化部门领导的文学理论家胡风创作长诗《时间开始了》，
激情歌颂中华人民共和国的成立，并以时间为隐喻表达了对
旧时代结束、新时代开启的喜悦之情。1949年7月2日—19
日，中国共产党在北平召开了第一次中华全国文学艺术工作
者代表大会，这次会议标志着来自解放区与国统区的两支文
艺队伍的"会师"，也表明了党和国家领导人对文艺工作的
高度重视。周恩来在会上做了长篇政治报告，朱德代表党中
央致祝词，毛泽东到会并做了代表党和国家"欢迎你们"的
讲话。这为以后每一次文代会、作代会的召开树立了标杆，
并形成了一个传统。这不仅仅表明党和国家对文化与文艺的
领导权，也是形成国家文艺话语（包括文艺观念和文艺政
策），以及形成或改变某一时期的文艺体制与文艺风气的重
要标志。1979年10月，第四次全国文代会召开，邓小平代表
党中央发表祝词；1988年，胡启立在第五次全国文代会上代
表党中央发表祝词；2001年12月18日，江泽民在第七次全国
文代会、第六次全国作代会上发表讲话；2006年11月10日
胡锦涛出席第八次全国文代会、第七次全国作代会并讲话；

2011年11月22日，胡锦涛出席第九次全国文代会、第八次全国作代会并讲话；2016年11月30日，习近平出席中国文联十大、中国作协九大开幕式并发表重要讲话。这些都是参与构建国家文艺话语并深刻影响中国文艺事业发展的重要话语资源。

除了文代会、作代会上领导人的祝词和讲话，另一个重要的话语资源是党的领导人主持召开的文艺工作座谈会。在中国共产党的历史上，文艺座谈会是党和国家领导人对文艺工作做出重要表态和重要指示的一种形式，其影响往往是比较长期的，或者是具有重大转折意义的。几次重要的座谈会对文艺产生了重大影响。第一次是1942年毛泽东主持召开的延安文艺座谈会，虽然此时新中国还未成立，但这次座谈会对新中国文艺政策的制定和国家文艺话语的形成最为重要。第一次文代会就以毛泽东《在延安文艺座谈会上的讲话》的精神为准绳制定文艺政策和方向，会上产生的几个报告都反复强调要以讲话中的理论和思想作为新中国文艺的指导方针，基本确定了将"文艺为工农兵服务、为无产阶级政治服务"作为新中国文艺的基本政策与国家话语。这个政策与话语一直延续到第四次全国文代会，才由邓小平的"祝词"改写。《在延安文艺座谈会上的讲话》的精神至今仍对新中国文艺发挥着影响。第二次是1961年6月19日召开的文艺工作座谈会和故事片创作会议，周恩来代表党中央在会上讲话，内容包括"物质生产与精神生产问题""阶级斗争与统一战线问题""为谁服务的问题""文艺规律问题""遗产与创造问题""领导问题""话剧问题",但主要精神是纠正当时文艺界不讲艺术民主,对别人的话动不动就套框子、抓辫子、挖根子、戴帽子、打棍子的风气。周恩来的讲话直接促使中共中央宣传部出台了《关于当前文学艺术工作若干问题的意见(草案)》(即"文艺八条"),这对进一步贯彻执行"百花齐放、百家争鸣"方针(即"双百"方针)、努力提高创作质量、批判继承民族文化遗产和吸收外国文化、正确开展文艺批评,起到了非常积极的作用。第三次是2014年10月15日,习近平在北京主持召开文艺工作座谈会并做重要讲话。这次讲话被视为继《在延安文艺座谈会上的讲话》后,中国共产党在新时代指导文艺发展的纲领性文献。该讲话着重指出,实现中华民族伟大复兴需要中华文化繁荣兴盛,文艺工作者要坚持以人民为中心的创作导向,创作出无愧于时代的优秀作品,中国精神是社会主义文艺的灵魂。这些意见给文艺界带来了一股清朗之风和正义之气,文艺界面貌为之一变。这次讲话产生的政策文本是2015年出台的《中共中央关于繁荣发展社会主义文艺的意见》,分为6个部分25条。习近平这次讲话与他在中国文联十大、中国作协九大开幕式上的讲话一起,构成了习近平对文艺工作重要论述的核心内容,开启了新时代中国共产党对文艺工作领导的新观念、新方式、新征程，将产生深远的历史影响。

党和国家领导人参加文艺界的全国代表会议并讲话，主持召开文艺座谈会并讲话，以及这些讲话所形成的由中央出台的政策文本，构成新中国文艺的国家话语的重要资源。通过它们，可以了解中国共产党对文艺的领导方式和政策演变，把握中国共产党对文艺工作的理论和观念。这就是最具有鲜明中国特色的国家文艺话语。

国家文艺话语的政策来源与领导人的讲话关系密切，但其理论来源却是多重的，除领导人讲话外，还包括马克思主义文艺理论话语和苏俄文艺理论话语，以及中外文艺理论中适合时代需要和理论需要的部分，如革命现实主义与革命浪漫主义相结合（"两结合"）、社会主义现实主义的创作方法，"双百"方针，人民性，塑造社会主义新人，塑造典型环境中的典型人物，形象思维，"诗言志"与重"比兴"，等等。这些理论话语是构成某一时期文艺发展的核心话语，带有指导性质，影响并主导着文艺的发展道路。

在新中国，文艺评论也是构成国家文艺话语的重要部分。某种文艺运动或文艺批判的开展以及某种文学思潮的兴起，往往是以一到两篇文艺评论打头的。比如，1954年山东大学主办的《文史哲》杂志第9期发表了李希凡、蓝翎的文章《关于〈红楼梦简论〉及其他》，《文艺报》转载，但并未明确表示支持，这引起了毛泽东的关注。10月16日，毛泽东写了《关于红楼梦研究问题的信》，肯定了两个"小人物"敢于向权威挑战。10月24日，《人民日报》发表李希凡、蓝翎的另一篇文章《走什么样的路？——再评俞平伯先生关于〈红楼梦〉研究的错误观点》，由此发动了对俞平伯的《红楼梦研究》及冯雪峰等人的批判。对《红楼梦》研究的讨论与批判，在一定程度上成为后来以阶级斗争、现实主义与反现实主义的话语去评论文学，特别是中国古典文学的模本，对文艺和文学研究产生了巨大影响。巴人的《论人情》和钱谷融的《论"文学是人学"》发表于1957年上半年，肯定人性"是人跟人之间共同相通的东西"[1]，提出文艺要以人为中心，人道主义原则应该成为评价作家作品的基本标准，这样"我们就不会怀疑人道主义精神在文学领域内的崇高地位了"[2]。虽然这些言论后来遭到了批判，但相关论争推动了文艺界的思考，代表了当时尊重文艺规律、使人物描写与塑造发生改变的突破性思潮，它们在塑造国家文艺话语中的作用同样不可忽视。

进入新时期，韩少功于1985年发表了一篇关于"文学寻根"的纲领性文章《文学的"根"》，明确阐述了文学寻根的立场，认为文学的根应该深扎在民族文化的土壤上，"应该在立足现实的同时又对现实世界进行超越，去揭示一些决

---

[1]巴人：《论人情》，《新港》1957年1月号。
[2]钱谷融：《论"文学是人学"》，《文艺月报》1957年5月号。

定民族发展和人类生存的谜"①。同时还有作家郑义、李杭育、郑万隆、阿城等人的文章助阵，掀起了新时期"寻根文学"的浪潮。寻根文学所创造的文化话语虽然始自民间，但它与国家改革开放的主流意志以及政治、经济的发展路向是相同的，因此能够影响并进入国家文艺话语，对新时期文学的发展起到重要的助力作用。总之，通过论争以及重要文艺报刊的传播，文艺评论的功能被放大，成为国家文艺话语的重要资源和助推力量，有时候甚至被赋予超越政策的功能，成为一时的政治风向标。

此外还有文艺评奖，尤其是国家主导的奖项，如鲁迅文学奖、茅盾文学奖、骏马奖、全国优秀儿童文学奖、"五个一工程"奖等等。评奖一旦成为制度，就会产生一种导向，在一定程度上代表国家意志，成为引领文艺发展的国家话语。

回到第一次全国文代会。周恩来、郭沫若、茅盾和周扬的报告，从统一战线的角度总结国统区和解放区革命文艺的基本经验，号召文艺工作者团结起来为新的人民的文艺奋斗。第一次文代会的重要成果是在会议最后一天成立了中华全国文学艺术界联合会（文联），不久后成立了另一个重要组织——中华全国文学工作者协会（后更名为中国作家协会），紧接着是戏剧、戏曲、电影、音乐、舞蹈、美术等各

①韩少功：《文学的"根"》，《作家》1985年第4期。

类相关全国性文艺协会的成立。到1949年底，各省、市已成立了40个地方文联或文联的筹备机构，文艺组织很快实现了体制化，有了机关工作人员，出版了刊物，国家话语的实践体系得到落实。这些组织贯彻执行党的文艺政策，使国家话语进一步感性化、具体化，它们也是国家文艺话语的参与者、执行者、转换者。有时候，有的地方组织对政策把握得不好，或者执行得太紧、太过头，反过来也会影响国家文艺话语的发展。比如1949年和1950年的"戏改"中，一些地方出现了禁戏过多、过严、过滥的现象，为此，中央在1952年10—11月召开了第一届全国戏曲观摩演出大会，《人民日报》还就此发表社论《正确地对待祖国的戏曲遗产》。社论批评各地"戏改"干部长期不提高自己的政策水平、思想水平与文艺修养，对待戏曲遗产简单粗暴，不经任何请示而随便进行禁演和各种变相禁演，使艺人生活发生困难，引起群众不满；在修改或改编剧本时，不和艺人密切合作审慎从事，采取轻举妄动的态度，随便窜改，破坏了历史真实和艺术完整性。[①]

当然，更多的时候，地方文艺机构对中央的文艺政策发挥着宣传、动员、执行与服务的作用，对推动文艺为党和国家的中心工作服务发挥了积极作用，如宣传党的文艺政

①关于"戏改"的过程，可参见傅谨：《当代中国戏剧批评史》，中国社会科学出版社，2019，第34—42页。

策，组织文艺工作者深入生活，号召文艺工作者书写有时代感的文艺作品，等等。当国家话语的具体实践落实到作家的文学生产时，组织机制的生态状况会产生直接影响，带来正面或负面的效果。进入新时代后，文联和作协贯彻党中央的指示，重视并团结文艺创作的新群体，如网络作家、签约作家、自由撰稿人、自由音乐制作人、自由美术工作者、独立演员和歌手等等，这既是文艺组织对党的统一战线法宝的继承，也是落实国家新文艺政策和国家话语的新实践。国家利用各级文艺组织对文艺进行调控，在国家治理方面的作用和效果是积极而明显的。

总的来看，国家文艺话语是由多种力量构成的，包括有形与无形两个层面。有形的是领导人的讲话、国家的文艺政策以及文艺组织机构；而文艺理论、舆论批评、评奖制度看似有形，却常以无形的形态运行，市场要求文艺接受读者的检验，它像一只无形的手，与文艺理论、舆论批评和评奖制度一起体现出国家话语的内在调控力量。新中国成立以来，国家文艺话语的形成是合力而不是单一元素作用的结果。如果说国家文艺话语就是领导人的讲话、指示以及国家的文艺政策，那是不全面的。在改革开放之后，文艺话语更是体现出多种元素的合力作用，比如20世纪90年代，党中央的文艺方针政策是"弘扬主旋律、提倡多样化"。这也是我使用"国家话语"一词，而不是简单套用所谓"文化领导权"概念的原因所在。

　　这种合力构成的国家话语的各元素之间，当然存在相互牵制、相互补台以及相互协商对话的关系，这可以看作中国共产党对文艺进行国家治理的一种手段。正是这种多重的相互关系，使新中国文艺虽然呈现出起伏和曲折的发展形态，总体上却是螺旋式前进与发展的。比如"双百"方针，它并非一个临时政策，而是一个长期的指导方针，在文艺政策的执行过程中起到调控作用，在政策过紧或过左的时候，对"双百"方针的强调往往会给文艺"松绑"。1961年，周恩来与陈毅关于文艺工作以及知识分子的讲话，其背后的指导方针就是"双百"方针。1979年，第四次文代会上邓小平的祝词以及会后形成的文艺新"二为"，即"文艺为人民服务，为社会主义服务"方向，就是对1949年以来形成的"文艺为工农兵服务，为无产阶级政治服务"方向的修正与突破，使文艺在改革开放时期迎来又一个春天。90年代，中央提出"弘扬主旋律、提倡多样化"的文艺政策，并进行文艺体制方面的改革，就是根据社会主义市场经济的发展和文艺工作者的文艺实践，让国家话语与社会、与文艺创作主体进行对话和协商的结果。因此，国家话语作为一种信息流是与时俱进的，呈现出流动和变化的状态。文艺会根据国家话语的变动做出反应，国家话语也会根据文艺机构和创作主体的信息反馈进行调整，以适应文艺的发展，两者之间可以形成良好的循环关系。

二

基于上述对国家话语的理解去看新中国文学对国家话语的反应与反馈，就可以触摸其发展演进的历史脉络，并由此探索其发展的显著特征。

第一，新中国文学具有与时代同步的鲜明色彩，始终和着时代的脉搏与节奏行进。"文章合为时而著，歌诗合为事而作。"①这体现出中国古代文人富有历史使命感和社会责任感的理论自觉，也构成了中国文学用于世、合于时的优秀传统。从一开始，新中国文学就具有十分强烈的时代意识和使命意识。周恩来在第一次文代会上所做的政治报告，在回顾总结三年解放战争过程及所取得的伟大成就后，要求全体文艺工作者一定不要忘记表现这个伟大时代的伟大的人民军队，又在报告的第四部分提出了改造旧文艺的问题。郭沫若在总报告《为建设新中国的人民文艺而奋斗》中，也提出新中国文艺今后的历史使命就是要以毛泽东的文艺思想为基本方针，充分吸收社会主义国家苏联的宝贵经验，为建设新

----

① 白居易：《与元九书》，载黄霖、蒋凡主编，杨明、羊列荣编著《中国历代文论选新编·先秦至唐五代卷》，上海教育出版社，2007，第360页。

中国的人民文艺而奋斗。①人民的文艺就是要反映新时代的人民和人民军队的奋斗历程和现实生活，因此，在对旧戏进行改造的同时，在1953—1961年间出版了许多反映人民参加土地改革、社会主义合作化和城市企业的社会主义改造的作品，以及反映人民军队和革命者英雄气概的作品，如《保卫延安》《红旗谱》《红日》《林海雪原》《上海的早晨》《三家巷》《美丽的南方》《创业史》，当时还诞生了《青春之歌》，描绘青年知识分子在时代洪流中投身革命，积极参加学生运动，不断克服自身的小资产阶级弱点，最终成为无产阶级革命战士的历程。它们是新中国成立的第一个十年里最鼓舞人心的作品，现在看来，有的也可以成为文学经典。这些作品具有鲜明的时代色彩和印记，是文学工作者在时代精神的感召下主动呼应国家话语而进行的精神创造。当然，由于时代的局限，它们中的某些人物也有脸谱化倾向，也有个别图解政策或观念的作品，但大多数作品中的人物和题材并非"千人一面"，也不是简单的政策诠释和时代精神的"传声筒"。

在1978年到1988年的十年间，"伤痕文学""反思文学""寻根文学"风起云涌，备受社会关注。这是文学急切地回应时代呼声，追赶国际文学的脚步并表现出鲜明时代

①周恩来与郭沫若的报告，见中华全国文学艺术工作者代表大会宣传处编《中华全国文学艺术工作者代表大会纪念文集》，新华书店，1950。

特征的十年。《班主任》反映出中国社会走到历史转折时期，而人的思维依然处于自我禁锢之中的困惑，小说中的人物如谢慧敏在读者中引起了极大共鸣，成为那个时代的符号。《乔厂长上任记》讲述改革家乔光朴拨乱反正、大胆改革的故事，契合变革时代人们渴望改革、渴望改善工厂面貌和生活水平的社会心理。《沉重的翅膀》深入描绘了国家重工业部门下属的大型企业的改革矛盾，表现出党的工作重心转移到经济发展后遭遇的困难。《绿化树》《男人的一半是女人》对身体、思想与灵魂做出反思。《爸爸爸》《古船》《红高粱》等作品对中国文化、中国历史进行寻根的探究式书写，其叙事风格与半写实半魔幻的现代手法，开启了"新历史主义小说"的先声。此时的文学依托的是改革开放和解放生产力、发展生产力的国家意志。这一时期，文学与政治关系甚为微妙，文学想要摆脱过去为政治服务的束缚，但创作的惯性又使其以另一种方式为当前的中心任务服务、为当前的政治服务并与时代合拍。与新中国文学发展的第一个十年直接呼应中央政策和各时期工作任务不同，这一时期的文学呼应的国家文艺话语，是中央1979年对新"二为"方向，以及对"发扬艺术民主"、对创作"不要横加干涉"的表述，可以说，国家话语此时影响文艺的方式并不是直接号召式的或政策性的，而是靠提供一种宽松的政治环境和思想解放的动力来实现治理。国家话语的合力作用于文学，这一时期文学发展得益最多、最为兴盛。通过这十年的文学，我们依然可以感受到新时期思想文化的激荡，以及创作者对国计民生、对中国文化的发展走向予以高度关注的创作激情。

英国社会学家约翰·B.汤普森认为："象征形式或象征体系本身并不是意识形态的：它们是不是意识形态的，以及在多大程度上是意识形态的，取决于它们在具体社会背景下被使用和被理解的方式。"[1]国家意志的象征形式体现为意识形态作用于文学，也是靠作家们去理解并进行审美转换之后实现的。时代与国家的进步既是意识形态的，又化为老百姓的具体生活，作家只有感受社会生活的变化和人民的喜怒哀乐，才能具体感受到国家意志的作用。因此，《贫嘴张大民的幸福生活》《永远有多远》《长恨歌》《人世间》所描绘的平民生活里，照样有着时代之光的折射，有着意识形态的贯穿。进入新时代，正如习近平总书记在阐述时代与文学关系时所指出的，"13亿多人民正上演着波澜壮阔的活剧，国家蓬勃发展，家庭酸甜苦辣，百姓欢乐忧伤，构成了气象万千的生活景象，充满着感人肺腑的故事，洋溢着激昂跳动的乐章，展现出色彩斑斓的画面"[2]。人民的奋斗、人民的创造和人民的生活就是国家意志的具体化，文学反映它们，

---

[1] 约翰·B.汤普森：《意识形态与现代文化》，高銛等译，译林出版社，2012，第9页。
[2] 习近平：《在中国文联十大、中国作协九大开幕式上的讲话》，人民出版社，2016，第11页。

就是与时代同行、与时代共舞。还有中国文学中最贴近时代、最迅速反映时代重大事件的报告文学，从20世纪50年代的《谁是最可爱的人》、新时期的《哥德巴赫猜想》到《生命第一——5·12大地震现场纪实》，再到《中国桥——港珠澳大桥圆梦之路》《第76天》，等等，优秀的报告文学作品成为新中国文学一道独特的风景线。

"任何一个时代的经典文艺作品，都是那个时代社会生活和精神的写照，都具有那个时代的烙印和特征。"[①]新中国文学的时代性伴随着国家的发展，从新中国成立初期独立自主、自力更生的奋斗，到21世纪的精准扶贫、实现小康社会，留下许多浓墨重彩的篇章，凸显出社会主义文艺的时代品性。

第二，新中国文学的创作方式以现实主义为主，构建起具有现代意义的现实主义叙事传统。新中国文学一开始就以社会主义现实主义作为政策依据和创作指南，1953年的第二次全国文代会将社会主义现实主义确立为创作与批评的最高准则。这一明确的意见，源于中国共产党人在20世纪30年代对马克思主义文艺理论，包括苏联文艺理论的翻译与传播。1933年至1940年，瞿秋白、周扬、胡风、孔罗荪等人对社会主义现实主义，以及马克思、恩格斯有关典型问题的论述有

---

① 习近平：《在中国文联十大、中国作协九大开幕式上的讲话》，人民出版社，2016，第7页。

所介绍和讨论，其中以瞿秋白的《马克斯（思）、恩格斯和文学上的现实主义》和周扬的《关于"社会主义的现实主义与革命的浪漫主义"："唯物辩证法的创作方法"之否定》二文最为著名。瞿秋白阐发了马克思、恩格斯的现实主义文学思想，并对典型问题发表了自己的见解，认为恩格斯"典型环境中典型性格"就是要写出"典型化的个性"和"个性化的典型"①。周扬全面介绍了社会主义现实主义，强调了真实性的意义，认为"真实性——是一切大艺术作品所不能缺少的前提"②，他还就现实主义创作方法与世界观的关系做了阐述，强调了艺术的特殊性。到1951年，周扬依然强调译介以社会主义现实主义为主的苏联文艺，他说："社会主义现实主义的文学艺术是中国人民和广大知识青年的最有益的精神食粮，我们今后还要加强翻译介绍的工作。"③中国共产党的指导思想是马克思主义，在文学思想方面将社会主义现实主义奉为最高准则是顺理成章的。1953年到1956年，报刊上关于社会主义现实主义的讨论很多，"这些讨论拓宽了知识界对社会主义现实主义的认识，使这一创作方法

---

① 静华（瞿秋白）：《马克斯（思）、恩格斯和文学上的现实主义》，《现代》1933年第2卷第6期。
② 周起应（周扬）：《关于"社会主义的现实主义与革命的浪漫主义"："唯物辩证法的创作方法"之否定》，《现代》1933年第4卷第1期。
③ 周扬：《坚决贯彻毛泽东文艺思想》，载《周扬文集》第2卷，人民文学出版社，1985，第61页。

很快在新中国的文艺领域生根，成为整合文学知识和历史线索的基本出发点"①。五六十年代，围绕"写真实"和"现实主义道路"问题展开过多次争论，并引发了一些文艺批判运动。社会主义现实主义不仅是一种文学创作方法，而且成为新中国文学的国家话语，代表国家的主流意识形态，制约与影响着文学的发展。从《组织部新来的青年人》引发争议到对"写真实"的批判，从"现实主义——广阔的道路"的提出到对"写中间人物"的批判、对"现实主义深化"论的讨论，现实主义在磕磕碰碰中发展，靠着作家们的领悟，大量现实主义作品出版并产生良好影响，如赵树理的《锻炼锻炼》《三里湾》，周立波的《山乡巨变》，柳青的《创业史》，欧阳山的《三家巷》《苦斗》，也出现了《茶馆》《红豆》《百合花》等作品。

1978年，党的十一届三中全会召开，文学界在"解放思想、实事求是"的召唤下，开始拨乱反正，从思想上清理"左"倾的错误，这一时期，现实主义文学主要体现为"伤痕文学""反思文学""改革文学"。直到20世纪80年代中后期，随着改革开放的深入，美术界的"85新潮"、文学界对西方现代主义的介绍和文艺理论方法论热的兴起，西方现代主义文学艺术才开始成为文艺界追随的潮流，马尔克斯、

---

① 高建平等：《当代中国文学批评观念史》，中国社会科学出版社，2019，第48页。

博尔赫斯等人的拉美"魔幻现实主义"成为作家效仿的对象。一段时间里，现实主义的创作被视为老套、落后。即使如此，《平凡的世界》《人生》《浮躁》《穆斯林的葬礼》等作品依然是文学界的中坚。20世纪90年代，经过对西方现代主义文学的学习、模仿与吸收，不少作家从本土文化和自身的创作经验出发，在融合西方文学创作观念和手法的基础上，创作出既具有中国本土特点又具有现代意义的新现实主义作品，如《白鹿原》《尘埃落定》《秦腔》《蛙》等。进入21世纪，不少原来属于"先锋文学"阵营的作家开始向现实主义回归，现实主义在与西方文学的碰撞与融合中获得重生，呈现出一种崭新的面貌。我在另一篇文章中指出："中国当代文学七十年的发展，现实主义创作原则经历过起伏波动，可以说是在无数争议中坚守与发展着的，也是在不少人想要规避却最后又不得不回归的过程中再度崛起的。"[1]现实主义甚至一度以反现实的表象出现（如20世纪的先锋文学），但结果反而是"拓宽了现实主义的表现空间"，具有了现代意义的叙事手法，呈现出"现实主义无处不在"[2]的局面。

这种文学传统也体现在主流文学奖项上。从1982年到2019年，茅盾文学奖获奖作品共46部，其中大部分呈现出

①蒋述卓：《中国当代文学现实主义叙事传统的建构及其意义》，《南方文坛》2021年第1期。
②贺绍俊：《无处不在的现实主义》，《文艺争鸣》2019年第4期。

现实主义的面目，尤其是2019年第十届茅盾文学奖的获奖作品，更是体现现实主义回归的一批代表性成果的集中展示。茅盾文学奖评奖的机制体现了国家话语、专家话语、民间话语的相互协商、相互统一，它在文学导向上偏重现实主义也在情理之中，而从作家和读者的理解、接受程度上看，现实主义占据主流也并不违反文学发展的内部规律。总体而言，新中国文学的主潮还是现实主义，并已形成具有中国特色和现代意义的现实主义叙事传统[①]。

第三，社会主义新人的塑造与英雄主义浪漫气质的弥漫。1956年，随着"戏改"运动的深入，文化部在北京举办了第一届全国话剧会演，新话剧大量出现，但在塑造新人方面出现了困难。为此，《戏剧报》专门连续刊载文章，集中讨论"努力创造同时代人的光辉形象"问题，并通过编辑部按语指出，"在舞台上创造同时代人的光辉形象，不仅是一个重要的艺术任务，而且是一个严肃的光荣的政治任务"[②]。那时主要是要解决社会主义新人塑造公式化、概念化、人物缺乏个性的问题。到1960年，田汉在中国戏剧家协会第二次会员代表大会上做主题报告，认为"经过这些年来的锻炼，我们已经能集中地典型地刻画工农兵的形象

---

① 有关这方面的论述，可参见蒋述卓：《中国当代文学现实主义叙事传统的建构及其意义》。
② 《一个光荣的任务》，《戏剧报》1956年第2期。

了"①。可见，国家话语通过媒体和文艺部门发出的声音起到了作用。在文学界，"创造同时代人的光辉形象"也在同时进行，《创业史》的主人公梁生宝就是比较成功的社会主义新人形象。作品面世时有好评，也有争论。严家炎在1963年和1964年于《文学评论》上发表三篇文章，谈《创业史》中梁三老汉与梁生宝的形象塑造问题，引起评论界的争论，争论主要围绕着人物形象塑造如何摆脱理念，使人物具有鲜明个性的问题展开。严家炎认为梁三老汉塑造得更好，思想转变过程可信，有深度，而梁生宝反而是写理念活动多，性格刻画不足；外围烘托多，放在冲突中表现不足；议论抒情多，客观描写不足。另一种意见认为，不能把形象的阶级特征与个性特征割裂开来，忽视形象的思想意义和社会意义，用梁三老汉来取代梁生宝的地位，这样就贬低了刻画梁生宝这个社会主义新人形象的成就。

20世纪五六十年代，随着苏联文学《卓娅和舒拉的故事》《钢铁是怎样炼成的》的翻译与出版，新中国文学形成了推崇英雄的风气。《红岩》中的许云峰和江姐，《林海雪原》中的杨子荣与少剑波，都是青少年崇拜的对象，他们身上都具有一种英雄主义的高尚情怀和浪漫气质，这影响到社会主义新人的塑造。在1978年之后的文学中还可以看到这种

①田汉：《建国十一年来戏剧战线的斗争和今后的任务——在中国戏剧家协会第二次会员代表大会上的报告》，载《田汉全集》第16卷，花山文艺出版社，2000，第165页。

形象，如《平凡的世界》中的孙少安与孙少平，《今夜有暴风雪》中的曹铁强、刘迈克、裴晓芸，《乔厂长上任记》中的乔光朴，《沉重的翅膀》中的郑子云、陈咏明，等等。

进入20世纪90年代以后，"人民""英雄"的内涵逐渐发生变化，文学开始更多描写普通人，新人的形象变得广泛多样，英雄主义的崇高和浪漫渐渐消退，尤其是在"新写实主义"作家笔下，生活变得琐碎，理想变得遥远，思想文化界的"告别崇高"在文学界也产生了影响。即使如此，我们在很多作品里依然可以寻找到那种为理想奋斗的英雄味道，如《抉择》《英雄时代》《人间正道》《凤凰琴》《天行者》《带灯》《人民的名义》等等。党的十八大以来，文学界的正气上升，在大力提倡与实践社会主义核心价值观的同时，国家话语，包括国家文艺话语都在倡导爱国主义与英雄主义。习近平总书记对文艺界的期望是"对中华民族的英雄，要心怀崇敬，浓墨重彩记录英雄、塑造英雄，让英雄在文艺作品中得到传扬"；"要坚持以强烈的现实主义精神和浪漫主义情怀，观照人民的生活、命运、情感，表达人民的心愿、心情、心声"；"要用有筋骨、有道德、有温度的作品，鼓舞人们在黑暗面前不气馁、在困难面前不低头，用理性之光、正义之光、善良之光照亮生活"[1]。这些话语都是

---

[1] 习近平：《在中国文联十大、中国作协九大开幕式上的讲话》，人民出版社，2016，第8页，第10页，第14页。

新时代文艺工作者的创作导向，塑造英雄、以理想之光照亮生活重新成为文学的正道。

第四，民族化、大众化与中国作风、中国气派的创造。毛泽东在1940年的《新民主主义论》中就提出，新文化是革命的文化，是民族的科学的大众的文化，它要具有"民族的形式，新民主主义的内容"，"这种新民主主义的文化是大众的"①。1942年《在延安文艺座谈会上的讲话》又进一步强调了文艺为人民大众的立场和文艺的大众化。毛泽东的这种思想是一贯的。1956年，针对当时文艺界尤其是音乐和戏剧界在引进苏联专家之后不加分析地"全盘苏化"、照搬"洋教条"的现象，毛泽东指出："教条主义要整，但是要和风细雨地整。要重视他们，但是要说服他们重视民族的东西，不要全盘西化。应该学习外国的长处，来整理中国的，创造出中国自己的、有独特的民族风格的东西。"②这与他1938年在《中国共产党在民族战争中的地位》中谈到学习马克思列宁主义时不应该照搬教条，而应该把它们当作行动指南、当成革命的科学来学习的思想一脉相承，他在文中指出："洋八股必须废止，空洞抽象的调头必须少唱，教条主义必须休息，而代之以新鲜活泼的、为中国老百姓所喜闻乐

①毛泽东：《新民主主义论》，载《毛泽东选集》第二卷，人民出版社，1991，第707-708页。
②毛泽东：《同音乐工作者的谈话（1956年8月24日）》，《文艺研究》1979年第3期。

见的中国作风与中国气派。"①1956年之后，中苏关系发生微妙变化以至最后破裂，1958年，毛泽东在成都会议上的讲话对教条主义问题进一步提出了批评，认为要坚持原则和独创精神，将学习与独创结合起来，"硬搬苏联的规章制度，就是缺乏独创精神"②。在这次会议上，他还针对中国诗歌的发展发表意见，认为中国诗歌要在民歌和古典诗歌的基础上找出路，形成新诗，形式是民族的，内容是现实主义与浪漫主义的对立统一。他提出文艺创作要走"革命现实主义与革命浪漫主义相结合"的道路，显然也是要与苏联的社会主义现实主义区别开来，走自己独创的道路。

毛泽东的指示是国家话语的重要资源，文艺部门和文艺工作者自然要努力贯彻执行。文学界虽然没有音乐和戏剧界那样照搬教条的问题，但也存在对民族化与大众化的强调和探索。赵树理的创作从延安时期起就是文艺大众化和民族化的标杆。丁玲1948年创作的《太阳照在桑干河上》用传统章回小说的形式写作，既有精心的组织结构，又有细腻生动的心理描写，1949年被译成俄文在苏联的杂志上发表，1951年获苏联斯大林文学奖，它代表了新中国文学的一种发展方向。这之后的不少作品，如"三红一创"（即《红旗谱》

---

① 毛泽东：《中国共产党在民族战争中的地位》，载《毛泽东选集》第二卷，人民出版社，1991，第534页。
② 《毛泽东1958年3月10日在成都会议上的讲话记录》，转引自逄先知、金冲及主编，中共中央文献研究室编《毛泽东传（1949—1976）》上册，中央文献出版社，2003，第791页。

《红日》《红岩》和《创业史》）等都是往这个方向发展的。1978年后，文艺政策和文艺部门在这方面的强调减少，文学创作开始借鉴西方文学，但文学的民族化和大众化依然是一股强流，没有停息。尤其是20世纪90年代之后，大众文化在中国兴起，文学的民族化和大众化问题更加受到重视。贾平凹、莫言、陈彦等作家都表示自己的创作受到了地方文化尤其是地方戏曲的影响，金宇澄和付秀莹等人的作品有中国古典白话小说的痕迹，而《暗算》和《繁花》这样看起来像大众文学的作品，也获得了茅盾文学奖的认可。这说明国家话语的合力在发生着作用，它依靠的是国家意志、媒体引导和文学评奖制度的合力。

在新时代，习近平从"创造性转化、创新性发展"的角度对中国文艺提出了希望："我们要坚持不忘本来、吸收外来、面向未来，在继承中转化，在学习中超越，创作更多体现中华文化精髓、反映中国人审美追求、传播当代中国价值观念、又符合世界进步潮流的优秀作品，让我国文艺以鲜明的中国特色、中国风格、中国气派屹立于世。"[1]这种国家话语导向对有中国特色的社会主义文学的建设，将产生深远影响。我们期待看到一大批具有中国特色、中国风格、中国气派的文学精品出现。

---

[1] 习近平：《在中国文联十大、中国作协九大开幕式上的讲话》，人民出版社，2016，第10页。

三

新中国文学的道路是长远的，总结经验，吸取教训，与时俱进，是文学未来发展的重要动力。考察新中国文学特征的形成与国家话语的关系，可以使我们获得启发。面向未来，我们要将国家话语与文学的关系处理得更加融洽，使文艺导向、文艺政策和文艺制度真正内化为作家、艺术家的创作要求，使文艺的内部规律和外部要求更好地结合起来，这还需要我们以改革的方式、开放的胸怀与态度去大胆探索，形成共识。具体来说，要做到以下几点。

第一，要坚持国家话语的"合力"论，但仍然要发挥国家意志的主导作用和国家文艺政策的指导作用。

国家话语是合力形成的，作用于文学是多因素的，而不仅仅是靠领导人的讲话和文艺政策，但承认合力并不等于放弃国家意志的主导作用和国家文艺政策的指导作用。相反，在新时代，这种作用更为明确、清晰，要保持国家意志导向和国家文艺政策的相对长期性，不要随便改变，要使文艺工作者心里明白，才能道路不偏。过去那种靠运动式"批判"来引导文艺的方式不再可取。"十七年"期间，文艺政策"左""右"摇摆，各种"批判"让文艺工作者摸不着头脑，看不清方向，又怎么谈得上静心创作？党的十八大以来习近平总书记有关文艺工作的重要论述，以及2015年出台的《中共中央关于繁荣发展社会主义文艺的意见》，明确了许多方向。比如坚持以人民为中心的创作导向，文艺以社会主义核心价值观为引领，以中国精神为灵魂，以创作生产优秀作品为中心环节，文艺不能当市场的奴隶，文艺批评要坚持运用历史的、人民的、艺术的、美学的观点评判和鉴赏作品，坚持创造性转化、创新性发展，加强文艺体制的改革，等等，这些都体现了文艺的价值导向和国家文化安全的战略意识，传达了中国共产党建设文化强国、实现中华民族伟大复兴的决心与自信。这种国家话语让文艺工作者有了主心骨，有了方向盘，利于文艺工作者在创作道路上出精品、登高峰。"双百"方针是党的一个长期的方针，是保证党在文艺领域尊重文艺的内在规律，鼓励和支持文艺工作者大胆探索和创新的主导思想，可以起到政策调控和引导的作用，它对提倡发扬艺术民主，促进不同艺术形式和风格的发展，营造积极健康和宽松和谐的创作环境尤为重要。国家文艺话语的主导性，要做到既不过度政治化或者过度意识形态化，也不故意"去意识形态化"，要通过改革从更深层次上完善有中国特色的社会主义文艺的价值体系和文化治理体系，保持良好的文化秩序和文艺的生态环境。"双百"方针在"合力"论中的地位，就是要始终如一地发生作用。

第二，要发挥国家话语的对话协商作用，团结广大文艺工作者走向中华民族伟大复兴的共同目标。

文艺工作毕竟是一个特殊的、充满创造力而又非常个性化的行业，这其中很多是党外人士，因此，在文艺领域中坚持党的统一战线就显得至关重要。国家文艺话语要起到调控和引导作用，要经常保持与党外人士的对话，听取他们的意见，并通过协商的渠道，在贯彻党的文艺政策时进行动态调整和柔性动员，使创作者与党和国家的政策相向而行，才能实现文艺领域同心同德，共创佳绩。1949年底，梅兰芳在谈戏曲改革时提出"移步不换形"的观点，虽然当时也有过激烈的批评意见，但最后还是以一种较和缓的方式来解决，其中就有统一战线的考虑①。新时期以来，"先锋文学""实验戏剧"乃至音乐和美术界的当代艺术探索，之所以在争议之中得到包容，也得益于党在文艺政策上的统一战线。比如有关"朦胧派"诗歌，小说《白鹿原》，戏剧《潘金莲》《车站》《绝对信号》等的争论和结果，已经与过去的"批判"和"处理"拉开了距离。如今，面对网络文艺的滔滔队伍，国家更是以尊重、团结、重视、引导为主，对话与协商的效能将成为国家话语中不可或缺的重要一环。

此外，要重视海外华文作家群体，他们坚持用母语创作，传播中华文化，书写中国故事，介绍中国发展与建设中

---

① 关于梅兰芳的观点引起的争议及其结果，可参见傅谨：《当代中国戏剧批评史》，第22—34页。

的人民创造力和成就，其创作会扩大中国文学的版图，其产生的影响可以丰富与补充国家话语，他们也是一股值得尊敬和团结的文学力量。

第三，要改革与完善文学评奖制度，重视民间与国际的奖项和文学交流，更好地发挥国家文艺荣誉制度的激励作用，为具有中国特色、中国风格、中国气派的精品力作的出现提供动力。

国家在文学方面的四大奖项（茅盾文学奖、鲁迅文学奖、骏马奖、全国优秀儿童文学奖）除鲁迅文学奖之外都已超过十届，积累了不少经验，所起到的积极作用有目共睹。今后，一要改革与完善现有的评奖制度，进一步达到国家意志、专家意见、获奖者受益程度三方面的结合，提高评奖的社会透明度，增加其公信度和社会影响力；二要重视对民间文学评奖项目的引导和疏导，鼓励各种文学基金会设立的信誉度高的文学奖，如中国文学艺术基金会设立的文艺奖、庄重文文学奖、"中山杯"华侨华人文学奖、路遥文学奖等等；三要正确对待国外的文艺奖项，只要是信誉度和认可度高的，没有恶意政治色彩的，我们都应该正面对待并与之进行良性互动，鼓励作家以精品佳作获得国际荣誉。另外也要考虑建设国家文艺荣誉制度，给在国内具有极高声誉和影响力的德艺双馨的作家、艺术家以最高荣誉，并使其成为一项长期制度。

第四，互联网时代，要重视媒体对于强化国家话语的作用，但又要防止媒体的过度炒作和政治越位，避免造成浮躁风气，干扰文学的正常生态。

文艺评论的正常开展与繁荣在一定程度上也有利于国家文艺话语发挥作用。在这个媒体无比发达的时代，要慎用以文艺评论来代替国家意志和政策导向的机制。一方面要避免文艺评论对作品上纲上线、"一言以蔽之"的现象。文艺评论可以成为国家意志的体现，成为国家话语的重要资源，但必须建立在讲事实、明道理的基础上，建立在对文本的分析评价上。另一方面，在数字化、技术化、产业化的背景下，媒体上的文艺评论必须处理好社会主流价值与多元价值的关系，处理好政策规范、政策引导和资本运作的关系，维护好网络时代文艺的文化生态，铸牢文化底线意识，强化文化责任和社会责任，在最大层面上建立国家话语的文化认同和审美共同体，为民族文化复兴铺路垫石，固本铸魂。

（此文原载《文艺研究》2021年第7期，此次收入有删改）

中国共产党对社会主义文艺格局的构建

中国共产党自成立以来，非常重视文艺的作用。在"五四"时期，陈独秀、李大钊、瞿秋白等党的早期领导人同时也是新文化运动、新文学革命的积极倡导者和实践者。在20世纪三四十年代，党通过中国左翼作家联盟（左联）、文艺家协会（文协）等组织引导广大作家、艺术家以笔为旗，号召全国各族人民为保卫国家而奋战。特别是1942年延安文艺座谈会召开之后，文艺的重要性进一步凸显出来，成为"团结人民、教育人民、打击敌人、消灭敌人的有力的武器"[①]。1949年新中国成立之后，党继承它在革命时期重视文艺的传统，充分发挥文艺在社会主义建设过程中的作用。70余年来，中国共产党在社会主义文艺格局的构建上，倾注了

[①]毛泽东：《在延安文艺工作座谈会上的讲话》，载《毛泽东选集》第二卷，人民出版社，1991，第848页。

大量心血，促成了社会主义文艺的繁荣发展。

高擎人民文艺的伟大旗帜，构建社会主义文艺发展的基本形态

中国共产党是人民的政党，人民民主是社会主义的生命。新中国成立伊始，中国共产党就将人民当家作主当作是社会主义民主政治的本质和核心。国家是人民的，政权是人民的，中国共产党本质上是人民的代表，党领导下的文艺也不能例外，必须是人民的文艺。

1949年第一次文代会上，毛泽东同志到会讲话，对文艺工作者说，"你们是人民的文学家、人民的艺术家，或者是人民的文学艺术工作的组织者""人民需要你们"。周恩来同志代表党中央所作的政治报告，在总结解放战争取得的伟大成就之后，要求文艺界的同志"一定不要忘记表现这个伟大的时代的伟大的人民的军队"。他还指出，"文艺工作者是精神劳动者，广义地说来，也是工人阶级的一员"。郭沫若所作总报告的题目就是《为建设新中国的人民文艺而奋斗》。周扬的报告是关于解放区文艺运动的，题目是《新的人民的文艺》①。因此，新中国成立之初，中国共产党对文

---

① 第一次全国文代会的有关文件均见中华全国文学艺术工作者代表大会宣传处编《中华全国文学艺术工作者代表大会纪念文集》，新华书店，1950。

艺的定性就是秉承解放区文艺运动的光荣传统，建设好社会主义的人民的文艺。从"五四"新文化运动以来新文艺主张的"人的文学"，迈入社会主义的"人民文艺"，中国共产党实现了一个跨越，这主要是根据党和国家的性质以及社会主义建设事业的发展来决定的。经过十年左右的努力，到20世纪60年代，社会主义文艺工作取得了可观的成就。比如，戏剧界完成了对旧戏的改造，在表现新生活、塑造社会主义新人方面也有很大的进展，出现了像《十五贯》《茶馆》《朝阳沟》等一大批优秀舞台作品。文学方面，表现伟大的人民军队、反映人民进行土地改革、推动社会主义合作化进程以及城市工商业进行社会主义改造的作品也相继推出，如《保卫延安》《红旗谱》《红岩》《创业史》《林海雪原》《三家巷》《山乡巨变》《美丽的南方》《上海的早晨》等等。

进入改革开放时期，人民文艺更是飞速发展，呈现出百舸争流、百花齐放的局面，这主要得益于中央文艺政策的调整和文艺新观念的指导。在第四次文代会上，邓小平同志代表党中央致祝词，强调文艺为最广大的人民群众服务，在扩大文艺服务对象的同时进一步明确了"人民"的含义。在此之前，邓小平明确说"知识分子是工人阶级的一部分"，这既拓展了"人民文艺"的内涵，也打开了"人民文艺"的艺术空间，"人民性"成为新时期以来落实到文学和现实生活中的新思维和新观念，社会主义新人观也随之发生着巨大的变化。新时期以来，邓小平、江泽民、胡锦涛、习近平等党和国家领导人多次就文艺工作做了重要指示，强调文艺的人民性，为文艺事业的繁荣发展指明了方向。特别是进入新时代，习近平总书记从人民需要文艺、文艺需要人民、文艺要热爱人民认知人民了解人民、人民是文艺作品的检验者和评判者、文艺要讲好中国故事让世界更好地了解中国等角度，对文艺与人民的关系做了更全面也更富有国际视野的阐述，这对推动新的社会主义人民文艺起到了巨大的指导作用。

社会主义的文艺就是人民的文艺，这已经深入全党全社会也包括全体文艺工作者的心中，人民文艺成为社会主义文艺的基本形态。

健全党领导文艺的组织机制，并与时俱进地进行文艺体制改革，构建社会主义国家领导文艺的基本制度

1949年，在中国共产党的领导下，成立了"中华全国文学艺术界联合会""中华全国文学工作者协会"，接着又成立了中华全国戏剧、戏曲、电影、音乐、舞蹈、美术等各类相关的全国性文艺协会，到1949年底，各省、市也相应成立了约40个地方文联或者文联的筹备机构。文艺组织体制化的建立，以及文艺机关工作人员、机关报刊的组织，使得党的

文艺方针政策能够通过组织的方式得以贯彻执行。地方文艺院团的体制化在新中国成立初期也起到了吸收、保护与培养文艺优秀人才，围绕党的中心工作表现社会主义新生活和新人物，发挥文艺鼓舞人民号召人民教育人民的作用。这使得社会主义文艺在整个国家发展进程中更好地发挥了作用。

　　进入20世纪90年代，随着社会主义市场经济进入全面实施阶段，中国共产党又根据新的形势，开展了文艺机制、体制的革命性变革，重点是根据马克思主义的文艺生产论，制定适当的文艺政策，正确处理好坚持发展社会主义市场经济与协调文艺发展的关系，按照社会主义市场经济规律改革过去不合理的文艺体制，在既讲文艺的社会效益也讲文艺的经济效益中找到平衡。政府相继出台了一系列文艺与经济关系的政策，如《国务院办公厅转发文化部关于加强演出市场管理报告的通知》《国务院批转文化部关于文化事业若干经济政策意见的报告》和《国务院关于进一步完善文化经济政策的若干规定》等。这便是将过去完全依赖组织机制与组织行为，转到围绕着市场经济有组织地开展体制机制的改革，体现出国家对文艺从管理到治理的新方式。进入21世纪头十年，中央又进一步深化与拓展文化体制的改革，从试点开始拉开新一轮文化体制改革的帷幕。2011年，党的十七届六中全会发布了《中共中央关于深化文化体制改革推动社会主义文化大发展大繁荣若干重大问题的决定》。党的十八大之后，在扎实推进社会主义文化强国建设的战略中，党中央在2015年发布了《中共中央关于繁荣发展社会主义文艺的意见》，在文化自信理念的指导下进一步迈开了全面深化文艺体制改革的步子。在文化立法方面也取得突破性进展，先后审议通过了《电影产业促进法》《公共文化服务保障法》《网络安全法》等。习近平总书记在文艺工作座谈会上的讲话，以及在中国文联十大、中国作协九大开幕式上的讲话，重点强调了文艺要出精品，攀高峰，"文艺不能当市场的奴隶，不要沾满了铜臭气。优秀的文艺作品，最好是既能在思想上、艺术上取得成功，又能在市场上受到欢迎"[①]。要"努力创作生产更多传播当代中国价值观念、体现中华文化精神、反映中国人审美追求，思想性、艺术性、观赏性有机统一的优秀作品"[②]。精品战略的导向符合文艺在文化市场中增强竞争力，并在文化"走出去"的国际文化博弈中获得文化话语权的发展方向，文化精品战略就是思想价值、艺术价值与市场价值的有机统一。

诚然，经过多年的发展与探索，文艺既可以是党通过组织机制运行的事业行为，也是特殊的精神产品，需要得到市场的认可与检验的经济行为，要通过相关的市场管理机制和

①习近平：《在文艺工作座谈会上的讲话》，《习近平总书记在文艺工作座谈会上的重要讲话学习读本》，学习出版社，2015，第22—23页。

②习近平：《在文艺工作座谈会上的讲话》，《习近平总书记在文艺工作座谈会上的重要讲话学习读本》，学习出版社，2015，第8页。

文艺法规进行约束，这已经成为社会主义国家领导文艺的基本制度。

将政治引导、舆论引导与尊重艺术家、尊重艺术规律结合起来，构建社会主义文艺大团结的基本局面

党领导文艺有多种形式，其中，党的文艺方针政策通过组织机制进行政治动员、通过传媒进行舆论引导是其中的重要途径。在这个过程中，要充分发挥统一战线的作用。

在革命与战争时期，中国共产党就通过成立左联、鲁艺等方式，团结了一大批进步的文艺人士，使文艺成为"枪杆子"之外的另一种武器和军队，其中像鲁迅这样具有强大影响力的作家成为党的得力同盟军。文艺工作中的统一战线传统在新中国成立之后依然得到发扬。第一次全国文代会召开，其中的目的之一就是将来自不同区域的文艺队伍会合起来，共同实现新的目的。其中在总结前三十年的文艺运动时就提出，"三十年的新文艺运动主要是统一战线的文艺运动"，在今后应该进一步加强文艺界统一战线的工作。在新中国成立初期的"戏改"过程中，京剧表演艺术家梅兰芳曾经发表过"'移步'而不'换形'"的意见，与当时的"戏改"方针相抵牾。当时还有人准备了文章要公开发表，对其言论进行批判。但是，当时文艺界领导认为不能将梅兰芳推

到戏改运动的对立面。因此，这些文章没有发表，最终召开"旧剧改革座谈会"，事情以一种较和缓的方式得以解决。1950年前后，政府还取消了对"旧艺人"的称谓，对他们的生计问题给予了关心，还通过让一些著名的表演艺术家如梅兰芳、程砚秋、尚小云等参加到中华全国戏曲改进委员会和文化部的戏曲改进委员会成为委员，争取他们对戏曲改革的支持。这些都是从统一战线的角度形成文艺大团结局面去考虑的。这种让文艺界知名人士参政议政的方式一直保留着，现在的全国政协委员中文艺界人士占有一定的比例就是明证。

　　1956年，毛泽东同志采纳了中央政治局扩大会议讨论的意见，明确提出了"百花齐放、百家争鸣"的方针。1957年，他在《关于正确处理人民内部矛盾的问题》中再一次集中阐述这一方针，还在全国宣传工作会议期间同文艺界部分代表座谈时，对"双百"方针与文艺问题发表了意见。"双百"方针作为一个长期的政策，发挥着巨大的调控作用，尤其是在一些存在争议的问题的处理上，往往能够保持文艺环境的相对宽松。20世纪90年代，党的文艺方针也针对当时文艺面临的市场经济的冲击，为了解放文艺生产力，使文艺达到既要追求社会效益又要实现经济效益的目的，党中央又提出了"弘扬主旋律，提倡多样化"的文艺方针。从一定程度上说，这也是尊重艺术发展规律，有利于文艺大团结和大繁荣局面的。进入互联网时代，随着网络文艺和文化产业的蓬勃发展，越来越多的文艺新组织和文艺新群体（文艺自由职业者）出现，党从组织形态的角度出发，又提出了要高度重视并团结文艺新组织和新群体的意见。在2015年《中共中央关于繁荣发展社会主义文艺的意见》中，肯定了新的文艺组织和文艺群体，说他们已经成为文化艺术领域的有生力量，提出要扩大工作覆盖面，延伸联系手臂，完善工作机制，创新组织方式，做好团结、引导、服务工作，发挥好他们在繁荣发展社会主义文艺中的积极作用。这些与时俱进的政策和做法，都是有利于社会主义文艺大团结局面形成的。

吸纳人类文明优秀成果，倡导中国特色、中国风格和中国气派，构建社会主义文艺的基本格调

中国共产党历来就重视吸收人类文明的优秀成果，马克思主义中国化的历程就是其中最集中的表现。1949年之后，虽然面临着帝国主义的封锁，但对国外优秀的文艺作品及文艺理论的翻译出版一直在进行。由于意识形态原因，20世纪50年代出现过向社会主义的苏联"一边倒"的现象，但在与苏联文艺家的接触中还是能保持自己的独立性。如1956年，在音乐戏剧界，针对当时不加分析地"全盘苏化"，照搬"洋教条"的现象，毛泽东在同音乐工作者谈话中指出，要和风细雨地整顿教条主义，要说服音乐工作者重视民族的东

西，不要全盘西化。应该学习外国的长处，来整理中国的、创造出中国自己的、有独特民族风格的东西。1958年，他还针对中国诗歌的发展问题发表意见，认为中国诗歌要在民歌和古典诗歌的基础上找出路，形成形式是民族的、内容是现实主义与浪漫主义对立统一的新诗。后来概括的"革命现实主义与革命浪漫主义相结合"的创作方法，实际上也是要与苏联的社会主义现实主义区别开来，走自己独创的道路。从革命文艺的传统上而言，自延安文艺以来，追求民族的、大众的文艺就成为一种方向。新中国成立之后，这种文艺方向的导向性依然占据着主流，像戏剧改革中的"推陈出新"和"两条腿走路"，文学领域中的赵树理方向等，对于传统和民间的东西是高度重视的。我们今天称为"红色经典"的系列作品的涌现，也说明走中国自己的文学发展道路是可行的。

改革开放之后，国门打开，在学习和引进西方文艺观念和创作手法成为一股宏大的思潮时，一些作家提出的"文化寻根"，在理论视角上看起来是从西方反观中国，但所起到的实际效益却是促进了文艺家对自己文化的重视，也促使了"寻根文学"在与先锋文学的融合中创造出有中国特色、中国风格、中国气派的文学。一大批作家都善于从传统的、民间的文化中汲取营养，同时又与现代的表现手法融会起来，创作出了在中国属于一流、在国际上也产生较大影响的作品。在新时代，习近平总书记一再叮嘱，"要坚持不忘本来、吸收外来、面向未来，在继承中转化，在学习中超越，创作更多体现中华文化精髓、反映中国人审美追求、传播当代中国价值观念、又符合世界进步潮流的优秀作品，让我国文艺以鲜明的中国特色、中国风格、中国气派屹立于世"①。这标志着新时代文艺的发展走向。

努力创造并形成中国特色、中国风格、中国气派的基本格调，70余年来中国共产党就一直是这么提倡并在实践着的。当然，这条道路任重道远，还需要广大文艺工作者继续努力。

中国共产党的百年是有马克思主义先进理论指导、有一心为公一心为民的服务宗旨、有坚忍不拔的伟大实践的百年。社会主义建设时期对文艺工作的领导与形成的基本格局，以及所取得的基本经验，是我们在面向未来繁荣发展社会主义文艺，实现中华民族伟大复兴中国梦的宝贵财富。在世界百年未有之大变局的形势下，新时代的文艺还要进行变革和发展，还需要以更深刻的改革、更开放更阔大的国际视野迈出雄伟的步子，创造出无愧于时代、无愧于人民的优秀作品，为民族的伟大复兴创造新境界，注入新动力，开辟新路径，做出新成就。

（此文原载《文艺报》2021年7月1日）

---

① 习近平：《在中国文联十大、中国作协九大开幕式上的讲话》，人民出版社，2016，第10页。

彰显文艺作品中青年形象的价值引领性

近代以来，中国积贫积弱，一代代志士仁人坚持不懈地呼唤中国的觉醒与强盛，"少年强则中国强"激发起广大爱国青年救国救民的雄心壮志。中国共产党自创立始，就注重唤醒青年，动员青年，激发青年的革命斗志和热情。100年来，中国共产党领导下的文艺塑造了大量鼓舞人心的青年形象。这些形象朝气蓬勃，感人肺腑，光彩夺目，成为一代代青年效仿的榜样，具有鲜明的价值引领性。

勇于探索人生道路

受"五四"新文化运动的洗礼，一大批知识青年追求平等自由、个性解放，在思想意识上逐渐觉醒。"革命文学的前茅"蒋光慈于1926年创作了中篇小说《少年漂泊者》，其中的汪中是一个不畏惧死亡的好汉，他是孤儿，到处漂泊，做过学徒、乞丐、工人，最后报考了黄埔军校，在国民革命军东征攻打惠州的战斗中牺牲。他虽算不上有知识，但在痛苦的挣扎中觉醒过来，反抗剥削与不平等，追求进步和幸福，渴望在参加革命的过程中改变命运，实现理想。汪中的形象真实反映出当时进步青年从身心漂泊到投身革命的精神蜕变过程，唤醒了无数正处于摸索中的青年，激发了他们投身革命的勇气。

在20世纪20年代，尤其是大革命运动失败后，一批左翼作家关注青年的思想苦闷，积极探索出路。丁玲笔下的青年女性如莎菲、梦珂、嘉瑛等，都具有追求平等自由、个性解放的叛逆性格和精神诉求，虽然她们最后均陷入社会现实的困境，甚至对人生意义与价值产生了怀疑，但她们对自我的反思、对生活不妥协的勇气及对人生出路的探索，则体现出对光明的追求和对希望的坚守。

茅盾的《蚀》三部曲中的女性群像，在面对苦闷、迷茫和绝望时，也敢于斗争、勇于反抗，具有一种向死而生的决绝，在不懈探索中依靠自身的思考与判断走出困境，获得重生。茅盾《虹》中的梅行素则表现出崭新的青年女性风貌。梅行素是一个读过女子中学的知识青年，在五四运动期间，参加过抵制东洋货的爱国运动，阅读《新青年》而受到新思想的启蒙，排演过易卜生的话剧《娜拉》。凭着勇敢和顽强的意志，她决心挣脱家庭与封建婚姻的束缚，逃出四川，在上海受到共产党员梁刚夫的影响而走上了革命道路，参加了五卅运动和妇女会的工作。

进步青年的这种精神探索特质不仅在革命与战争时期的文艺中表现突出，就是到了社会主义建设和改革开放的新时期，在文艺中也有鲜明体现。王蒙《青春万岁》中的学生有对矛盾的思考，对问题及人生道路的探索，也有积极的行动。《组织部新来的青年人》中的林震则表现出新中国第一代青年人充满理想、敢于思考生活、勇于对工作中的不良现象进行斗争的朝气与活力。铁凝《没有纽扣的红衬衫》中的安然性格开朗、直率，具有一种我行我素、一往无前的独行精神。电视剧《大江大河》中的宋运辉更是一个在工作中坚持理想和原则、特立独行、敢于创新的探索者和实践者。

自觉融入时代发展大潮

在20世纪20年代的左翼文艺运动中，流行"革命+恋爱"的叙事模式，充满浪漫主义气质。而这种叙事往往又会超越固定的模式，产生一种"溢出"效果，不少作品在塑造青年形象的同时，也涉及如何处理个人与集体、个人与组织、个人与革命事业大局的关系。叶绍钧《倪焕之》中的倪焕之是这一类形象的重要代表。他胸怀改革教育的理想，与志同道合的金佩璋恋爱结婚。但他在乡下小学推行的教育改革遭到当地地痞的无理阻挠，也不能得到同事和群众的理解与支持，改革失败。金佩璋也因生了孩子，而退守家庭。后来，他在革命者王乐山的教育与帮助下，认识到个人力量是有限的，必须依靠组织。跟随王乐山到上海后，他投身群众运动，从工人身上学到知行合一的实干精神。大革命失败后，他在苦闷中备受煎熬，一病不起，但他确信自己从个人主义走向群众运动的斗争之路是正确的，寻找革命真理与参加革命事业是值得的。临死时，他对革命依然充满信心，对下一代满怀希望。这部小说出版后，茅盾给予它很高的评价，认为倪焕之在顺应时代壮潮中"从埋头教育到群众运动，从自由主义到集团主义"这两点上"是值得赞美的"（《读〈倪焕之〉》）。

20世纪30年代的左翼电影《桃李劫》中的陶建平，《风云儿女》中的辛白华，《生死同心》中的柳元杰、李涛都是这一时期革命青年妥善处理爱情中的公与私、个人与集体关系的典型人物。辛白华放弃了对史夫人的个人私情，最后成了为大众歌唱的诗人，在风云变幻的大时代参加了东北的战斗。那时他不再是沉溺于个人私情的书生，而是一个穿着苏联式棉大衣、拿着火把呼唤并带领大众进行战斗的东北抗日联军战士。虽然他与新凤的再次相聚有情感的波动，但二人已是革命斗争中的盟友了。柳元杰本是南洋归来的华侨，在革命者李涛的影响下，与未婚妻赵玉华一起踏上革命道路。

《青春之歌》虽写于20世纪50年代，但在刻画林道静这个人物时，作者杨沫依然写了她摆脱个人主义及妨碍革命的爱情"伴侣"，在共产党员江华的领导下，参加农民运动和学生的爱国示威运动。在人生选择上，林道静逐渐认识到"只有在党的领导下，把个人命运和人民大众的命运联结为一，这才是真正的出路"的道理，将个人融入时代，融入大众，不断克服小资产阶级的弱点。

这种融私入公、融"我"于集体及大团体的格局与胸怀，在《创业史》中的梁生宝、《平凡的世界》中的孙少安、电视剧《山海情》中的马得福、《大江大河》中的雷东宝身上也体现得比较充分和饱满。他们将自己的一切都投入社会主义建设与改革的事业中去，一心为了集体的发展，为了人民的共同富裕而奋斗，成为时代的弄潮儿和艰苦创业的先锋。

甘于无私奉献和牺牲

在争取民族独立和人民解放的过程中，中国共产党领导下的人民军队做出了重大贡献，没有他们艰苦卓绝的战斗和浴血奋战，就没有新中国的成立及和平安全。《保卫延安》中的周大勇有勇有谋，具有顽强的意志，24岁就能指挥一个营，在阻击敌人、保卫党中央的战斗中成长为革命英雄。《董存瑞》刻画了董存瑞的光辉形象。他从少年时起就追求参军，在战斗中历经磨炼，成为一名优秀的解放军战士，最后在攻打隆化城时为了给部队开道，手托炸药包，炸毁敌人的碉堡，壮烈牺牲。《英雄儿女》中的王成，高喊着"为了胜利，向我开炮"，将一腔热血洒在朝鲜土地上。《谁是最可爱的人》塑造了一群可爱的志愿军战士，他们宁愿自己吃雪、蹲防空洞甚至流血牺牲也要保卫祖国的安全。这些文艺作品塑造的青年军人形象成为当代文艺中的不朽典型，鼓舞着一代代青年为祖国的美好未来而奋斗。

此外，当代文艺也塑造了从事地下工作的青年革命者和共产党员形象。他们隐姓埋名，明知身处危险境地，却义无反顾地为党和革命事业做情报收集与传递工作，满怀大无畏的牺牲精神。《红岩》中的成岗，16岁就加入中国共产党，参加了中国共产党的地下刊物《挺进报》的编辑、印刷和发行工作。被捕后关押在敌人的牢狱中，依然坚持出版《挺进报》。电视剧《叛逆者》中的朱怡贞，是一名正在读书的大学生，出身金融之家，生活优裕，却冒着生命危险从事中国共产党的地下情报员工作。这些形象勇敢坚毅、斗志昂扬，深刻影响了当代青年的价值观和人生观。

在社会主义建设时期，《雷锋日记》和电影《雷锋的故事》中的雷锋是优秀青年的典型代表。他在平凡工作岗位上真诚为人民服务，甘于奉献和牺牲。《雷锋日记》虽出自雷锋之手，记录的是真实的人物和事件，但也可被视为文学读物。而根据《雷锋日记》改编的电影《雷锋的故事》则使雷锋成为一个情感真实、性格饱满、充满艺术感染力的文学形象。雷锋是当代青年无私奉献的楷模，成为中国人民践行"为人民服务"宗旨的榜样，也是中国共产党领导下的文艺作品中塑造得最为成功的人物典型之一，产生了非常广泛的影响。

《平凡的世界》中的孙少平，真诚善良，有金子般的心。他在坚持不懈的奋斗中积极向上、努力进取，当上了矿工组长。在遭遇了矿难毁容和心爱之人田晓霞牺牲的打击后，他拒绝留在城里，毅然回到煤矿，去照顾原来的矿工班长牺牲后留下的妻儿。他是一个极平凡的青年，却有着不平凡的举动和品质，成为新时期青年艰苦奋斗与道德至上的化身。《大江大河》中的宋运辉，从大学生到技术员再到一个国营大化工企业的常务副厂长，他的思想紧跟时代，大胆改革，一心想的就是技术改造和推进企业的中外合资，最后还牺牲自己的前途以换得企业的进步。虽然宋运辉没有像《新星》中的李向南那样纵横驰骋、大刀阔斧，但他宁愿委屈自己、牺牲自己也要顾全大局的奉献精神同样值得尊敬。

中国共产党奋斗的历史是一条大河，革命的、进步的青年就是这条大河中的朵朵浪花。100年间，正是这无数浪花组成的巨流，摧枯拉朽，一往无前，才有了今天的辉煌事业和大好局面。中国共产党领导下的中国文艺，书写青年的奋斗足迹和心路历程，赞美青年的无私奉献和博大胸怀，用这些青年形象激励广大人民群众，在中国社会主义革命和建设中发挥了不可替代的作用。新时代的文艺书写当下青年人的精神风貌，从过去的文艺中汲取经验，同时具有新的时代特点，仍是一件任重道远的工作。文艺工作者应自觉肩负起责任使命，塑造出新时代的青年形象，激励读者为实现中华民族伟大复兴而不懈奋斗。

（此文原载《中国社会科学报》2021年9月6日）

中国当代文学现实主义叙事传统的建构及其意义

中国当代文学总体上走的是一条现实主义的道路，从文学发展的主潮上看现实主义更是占有着重要的地位，其叙事传统也在不断建构之中。本文试图对其发展脉络加以探索并从文化自信的角度对其给予理论与价值上的分析。

一

中国当代文学的现实主义虽然是70余年来文学发展的主潮，但在后40年的发展中却夹杂着诸多现代主义表现手法，其叙事则呈现出多种表现形式。

在此，我将中国现实主义叙事的诸种表现加以简要梳理。

（一）以赵树理、柳青、周立波、陆地等为标志的革命现实主义（1949—1977年）。

以赵树理、柳青、周立波、陆地等为标志的革命现实主义，既反映当时现实中的人与事，又表现人与事。他们的创作理念更多来源于革命的理想与浪漫，来自1942年毛泽东《在延安文艺座谈会上的讲话》中提倡的"源于生活又高于生活"的创作原则，更来自1958年毛泽东提倡的"革命现实主义与革命浪漫主义相结合"的创作方法。这里面有史诗式的叙事建构，并使其成为革命现实主义的主要标志。这时期的文学主要反映中国共产党在带领人民走向社会主义道路时，农民身上的私有观念尤其是土地私有观念和公有制之间的矛盾。赵树理的《三里湾》描绘了农民在农村合作化过程中，从一开始的排斥和抵制到最终认识到自身的落后观念而纷纷入社的过程。柳青的《创业史》真实地再现了土地"私有"和"公有"的观念矛盾，并为其提供了合理性的想象与描绘。周立波的《山乡巨变》同样呈现了农民走向社会主义革命与建设道路的心理转变。

这一阶段革命现实主义的叙事方式是反映-激情叙事。其特点是，既要坚持认识与反映社会现实的原则，又要着意表现人民群众走上社会主义道路的革命激情。周立波的《山乡巨变》对新中国成立后农村新生活新人物的赞美，既来源于他亲自参加了这种社会主义的伟大实践，更着意表现人民群众走上社会主义道路的乐观情绪。柳青娴熟地运用革命现实主义方法写作，他笔下的社会主义新人形象如梁生宝也充满着他的理想和激情。陆地《美丽的南方》虽然写的是土地改革的故事，但却写出了知识分子如何经过艰难的思想转变融入时代洪流中去的心路历程，其中人物如傅全昭、冯辛伯、杨眉亦不乏为革命激情所驱动的成长动机。当然小说中也糅进了如何教育农民以及农民干部逐渐成长的过程描写。

（二）在1978年之后这种革命现实主义进行了转化，分为多路展开：

一路以路遥、张炜、贾平凹、刘醒龙、李佩甫等为标志的乡土写作，一直延伸到关仁山的新现实主义。其中路遥是分界线，他是但丁式的人物，既是革命现实主义的终结，又是新现实主义的开端。他们代表着乡土史诗叙事。其中既有像刘醒龙、关仁山等人对现实主义的正面进攻，也有像张炜、李佩甫等吸收并融进了先锋文学表现手法的寓言叙事。如张炜的《古船》、李佩甫的"生命三部曲"等。20世纪90年代中期以谈歌、何申、关仁山为代表的"现实主义冲击波"的出现，新世纪"打工文学"和"底层文学"的兴起，更是对文学现实主义和人道主义传统的进一步发扬。"现实主义冲击波"反映了作家们关注社会变革，揭示转型期的矛盾冲突，体现出干预现实的勇气，他们以现实情怀冷静地呈现了政治、经济和道德领域内等许多问题，彰显了强烈的社会责任感和对弱势群体的关怀意识，给现实主义文学注入了新的生机和活力，代表着现实主义进入新阶段的崭新叙事。

另一路以蒋子龙、张抗抗的改革文学为开端，以刘震云、池莉为标志的新写实主义为拓展，到王安忆、铁凝、迟子建、谈歌、毕飞宇、金澄宇、陈彦等为代表的新现实主义。他们代表着城市史诗叙事。"新写实小说"的出现为当代文学提供了一种崭新的观看世界观看原生态生活的方式，是对传统现实主义的发展和突破。新写实小说以写实为主要特征，尤其注重现实生活原生态的还原，提倡真诚直面现实、直面人生。但因为新写实主义太过于注重细节和原生态的叙述方式又被人批评为自然主义，于是后来的作家们在继续创作的道路上都有所规避。

上述两路作家新现实主义的叙事特点是，不再以反映为主，而是以表现为主，以内思为主。其叙事方式的特点是表现–内思叙事。其特征是这些作家既有对社会主义理想、原则的坚守，但又从过去的激情叙事转为一种表现–内思式的叙事。

说此一时期的新现实主义以表现–内思为其特征，并不是说它们已脱离了再现与反映，实际上从文学的特性上说表现的本质还是再现的另一形式。赵毅衡在《论艺术的"自身再现"》里指出："所谓'表现'，只是发送者意向性意义在文本中占了主导地位（雅各布森称之为'情绪性'文本）的再现。'表现'并没有改变再现的根本品质，至多是再现的一种类型，而绝不是与'再现'相对的表意方式。"[1]表现–内思式的叙事的特点是不再只注重反映，而是更强调表现作家对现实生活的思考和情绪，这是因为他们面对的现实是沉重的现实、分化与分裂的现实，现实的发展和历史的进程让作家不能够完全把握住，必须加进自己的想象与思考，甚至连小说中人物的命运都呈现出选择的困难，表现出较为暗淡的色彩和某种悲剧性。表现–内思式的叙事几乎覆盖着新现实主义作家大部分的作品。

《平凡的世界》中"孙少平"的奋斗和抗争是悲情性的，体现了一种"孙少平难题"，但他身上体现出来的奋斗热情和不屈服的抗争精神，依然充满着路遥对人生哲学的内思与对未来人物和价值观的向往，可以看作是对个人奋斗的最早强调，它直接开启了后来流行歌曲中的"我拿青春赌明天"式的拼搏意识。路遥的《人生》通过高加林的人生追求还写出了历史转型期的乡村农民对城市生活的期许，他最后的道路也是以未完成性作为结束。张炜的《古船》对农村现实中即将出现的两极分化表达了内心反思，其中也寄寓了他对私有制观念带来的贪婪和占有的激愤。当然他的《古船》充满着寓言式的表现，它以一个具有古老历史和文化的小镇

---

①赵毅衡：《论艺术的"自身再现"》，《文艺争鸣》2019年第9期。

洼狸镇来表现百年乡土中国的蜕变史，又带有鲜明的文化寻根与反思意识。关仁山的"中国农民命运三部曲"是他对现实深层思索的结果，他曾表述过："当下的现实既复杂难辨，又变动不拘。直面这样的现实，难度很大。"因此，作品不能写得太"瓷实"，"复杂生活要用思想点亮"，"作家要给思考的结晶镀上光"①。他笔下的农村新人形象也都充满着困惑与矛盾，不是都能走上成功之路的。如鲍真、曹双羊、袁三定等。贾平凹的小说如《浮躁》《秦腔》《高兴》《山本》《带灯》等，都带着对乡村思索的"问题意识"作为切入口，但作者又常常陷入思考的困境。如《带灯》中的带灯虽努力想坚守自己的原则，但最后也不得不在一场传统意义上的家族械斗的现实面前溃败下来。现实难题的不可解决从路遥一直延续到贾平凹和陈彦，表现出作家表现现实的深度是何等的不易，也包含了这些作家对现实问题复杂性的细微洞察和深入思考。李佩甫的《平原客》里也充满着一种内思，他力图从"土壤与植物的关系"中去找到副省长李德林逐渐走向腐败的哲学原因，他思考与要发掘的是特定地域条件下官员与群众的精神生态。

中国现实主义还有第三路就是以韩少功、郑义、李杭育等的文化寻根小说思潮为开端，以一系列带有新历史主义特

---

① 关仁山：《文学应该给残酷的现实注入浪漫和温暖》，《中国文学批评》2016年第1期。

征的历史文化小说如乔良的《灵旗》为开拓，形成了一种文化现实主义。文化现实主义还以刘心武、冯骥才、陈忠实、阿来、徐则臣、葛亮等为代表。他们的创作来源于对历史的反思，与当时流行的新历史主义相关，也与对中国文化的寻根反思相关，是反思性的，剖析式的，这与鲁迅批判国民性的文学传统相关，但更与中国自改革开放以来提倡反思以及对历史、文化的重新思考浪潮分不开。他们叙事的特点是剖析–探究叙事。

所谓剖析–探究叙事，就是指他们的创作对历史与文化含有强烈的剖析与反思意识，并从中去探究民族的命运。比如寻根文学，对传统文化的重新审视，尽管包含着对传统文化的强烈批判精神，但是这种颠覆和解构背后恰恰呈现出作者对文化进行反思和革新的意识和诉求。寻根文学的美学目标在于"以自觉的姿态提出向民族的深层精神和文化中寻找民族延伸至今的根系，并以现代观念和思维观照民族的沉滞力和生命力"①。如郑义的《老井》用史诗般的叙事重建了老井村的找水历史，以寓言的方式在传统与现代的张力中回应了民族复兴的召唤。带有新历史主义特征的历史小说，"与以往历史题材多于描写'宏大叙事'的作品不同的是，自90年代末以来的历史题材作品在写历史生活时，作家普遍瞄准的是历史中的个人，关注的是一定的历史与一定的个

①杨匡汉主编《新中国文学60年》，人民出版社，2009，第120页。

人的连带关系，在历史场景的艺术复现中，凸显人之命运，拷问人之性情，给冰冷的历史赋予温热的人性。"①作家们突破单一的政治社会学层面，摆脱主流意识形态的羁绊，不再拘泥于历史史实的再现，而是以个体的生命体验与独特的方式书写自己心中的历史，当然也充满着对历史的重思与反省。如《白鹿原》，就超越党派和阶级的单一历史观，以乡土民间的历史变迁和儒家文化的传承来审视中国农村社会，并以此来思考国家和民族的命运。正如张勇指出："《白鹿原》固然展现了某种'民间历史'，但这种'民间历史'却是被置于政治、社会的变迁之中呈现的，而非孤立甚至对立于政治、社会变迁的。因此，《白鹿原》更像是在'革命现实主义'延长线上所产生的杰作，它非但没有以'民间历史'置换'革命史''政治史'，而且将'革命史''政治史'当作了重要的表现内容。"②以反思的剖析的精神正视民族历史，借以探寻历史的本质，寻求灵魂救赎的途径。因此，陈忠实写历史并不是要从过去所圈定的历史发展轨迹去对应历史的真实，而是力图从自己的思考与分析中去写出历史的复杂性，并从心理意义上去揭示复杂历史长河中的众生生命的欢愉与苦难。陈忠实在坚持传统现实主义创作手法的同时，也吸纳了隐喻、象征、魔幻等西方现代主义表现技

①张钟：《当代中国大陆文学流变》，三联书店，1992，第13页。
②张勇：《文化心理结构、伦理变迁与乡村政治——陈忠实笔下20世纪中国乡村社会的"秘史"》，《文学评论》2017年第1期。

巧，创作出了既有较高艺术审美意蕴，又有较强可阅读性的独具魅力的小说文本，达到了现实主义叙述的最佳效果。

中国现实主义还有第四路，是以莫言、阎连科、余华、格非、苏童、残雪等人为代表的幻觉现实主义。这当中又呈现不同的表现形式，如莫言的寓言现实主义，阎连科的神实主义，余华、格非、苏童等的非记忆现实主义，残雪等的心理现实主义，他们主要是在接受西方先锋派文学以及拉美魔幻现实主义的影响，加以本土化改造所形成，他们不是中国现实主义的主潮，但可以被视为中国现实主义多面性的表现。他们形成了一种反讽–狂欢叙事，表现为怪诞、狂欢、悖论的方式，评论家更多地将他们归于现代主义或后现代主义的写作与叙事。但观其表现，仍然脱离不了中国现实的影子，不过是变形了的现实，也不乏中国现实主义的特点，更受到中国传统的影响，将其纳入中国现实主义来看待，或许不无道理。自然，现实主义的诱惑力是巨大的，不少先锋作家开始用现代主义的方式写作，后来又都回归到现实主义上去，尤其是在20世纪90年代以后，原先不同流派风格的作家们会集在"现实主义"大旗下，文学作品的思想主题、表现手法、叙事语言、叙述策略等方面都向现实主义特征靠拢。先锋派作家苏童、余华、格非等放弃了激进的形式主义实验，回归故事内容和情节，表现出对现实生活中普通人生存困境和心理苦难的深刻书写。到21世纪，连最早采取现代主义意识流写作的王蒙也写出了《这边风景》这样的现实主义作品，并获得第十届茅盾文学奖。

当然，上述所列的这些现实主义相互之间是交叉的，有的作家的创作带有多样性，主要原因是他们的创作是发展的、动态的。如王蒙、张炜、郑义、韩少功等，其创作手法呈现多样性特征。王蒙就是一个难以归类的作家，他既可以是充满革命理想主义的新现实主义作家，又可以是一个充满反思、剖析、探究色彩的作家，而在表现方式上却是以最早使用现代主义意识流为创作特征的先锋式作家。而从他整个创作的历程来看，总体上是属于现实主义的，尤其是他早年和晚年的作品其特征更为明显。郑义、张炜既是新现实主义乡土写作的代表，又是寻根文学的代表，同时又采用现代主义的寓言写作。韩少功曾经是寻根文学与先锋文学的代表，杨经建却将韩少功归于"新批判现实主义"[1]。如刘醒龙，可以看作是乡土写作的代表，但他和谈歌一样也曾经是城市里工厂改革的最早描写者。关仁山也曾尝试过寓言写作的探索，如《麦河》《日头》，但他更钟情于他一贯的传统的现实主义手法而已。

---

① 杨经建：《"语言"的批判与"批判"的语言——韩少功创作的新批判现实主义倾向》，《小说评论》2019年第5期。

二

上述对中国当代现实主义叙事传统的简单梳理，主要是依据中国当代文学发展的主线与可支撑的文学事实来说的。中国当代文学70年的发展，现实主义创作原则经历过起伏波动，可以说是在无数争议中坚守与发展着的，也是在不少人想规避却最后又不得不回归的过程中再度崛起的。现实主义甚至一度以反现实的表象出现（如20世纪的先锋文学潮）而"拓宽了现实主义的表现空间"。"现实主义无处不在。"①21世纪以来的茅盾文学奖作品具有现实主义的特征也愈来愈明显，新世纪文学正形成了新的以"现实精神"为主导内容的文学生态和形态②。

从理论上而言，现实主义并不单纯是一种创作方法，而更多的是一种创作原则，作家看待世界的一种方式，一种文学的精神，一种审美的价值取向。现实主义从古老的、传统的、模仿现实的方式发展到今天已经有了极大的变化，现实主义作家切入现实的方式也变得多种多样。在文学与现实的关系上，作家与理论家有了越来越深刻和清晰的认识。什么是文学的现实性，不是去照搬现实和比照现实，而是要看文学对现实的想象和创造，因为文学的世界与现实的世界是有

① 贺绍俊：《现实主义无处不在》，《文艺争鸣》2019年第4期。
② 张未民：《新世纪以来的文学进程》，《文艺争鸣》2010年第3期。

区隔的，文学总是要根据现实的需要去构建现实和创造现实的。"在文学与真实的关系中，文学是在世界之中的，而在文学对整个世界的呈现中，文学又是在世界之外的。"①区别于实存的现实世界，作家也应该有他自己的文学世界，这就是他看待世界洞察世界的思想结晶。汤显祖《牡丹亭》里的梦中世界，鲁迅《狂人日记》中的疯癫语言世界，它区别于现实的世界，却具有永久的文学魅力。古人所说的"似幻而真"倒能更好地揭示出文学现实世界的真正含义。

也正是从这一点说，文学的特征正在于假定与虚构。在现实主义作家那里，文学中的现实也是必须经过他的想象和创造的。"文学就是一块让人的想象自由飞翔的领地，我们不在意生活中有什么，我们只在意在文学中能够出现什么。"②因此，用现实生活中的概然律去衡量和评价文学作品中的人物与叙事的真实性问题，无疑是混淆现实世界与文学世界的区隔的③。"对作家来说，外部现实无限多样，什么样的现实可以转化为文学素材，不是睁开眼就能解决的问题，而是经过全身心的体验，通过抚摸生活的全部细节，使

① 王峰：《文学作为独立的世界形式》，《文艺研究》2018年第5期。
② 王峰：《文学作为独立的世界形式》，《文艺研究》2018年第5期。
③ 关于这一问题是可以讨论的，赵炎秋的文章《试论现实主义的概然律问题——从路遥〈平凡的世界〉现实性的不足谈起》（载《学术研究》2020年第4期）就认为路遥经常借助偶然性和外力来改变作品中人物的命运是有违现实生活中的概然律的，并指出"概然律低的人与事写进文学作品中是可以的，但不应大量地、互相联系着进入文学作品"。

之全部复活，这才能构成作家所谓的'现实'。其实，那与其说是现实，不如说是他的想象。"①那么，文学当中加进现实中的真实材料包括新闻材料，使其成为文学素材，那也是必然经过作家思想加工与熔铸过的。正如高尔斯华绥从警察的报告和报纸论文中得到写作的火花，莫言从"中国大蒜之乡"兰陵县农民种植蒜薹丰收而卖不出去的消息中得到启发，创作了《天堂蒜薹之歌》，李佩甫的《平原客》素材来自平原地区一位副省长的杀妻案，贾平凹的《带灯》中出现上访维稳、黑恶势力当政、灾害瞒报等时政新闻景观，这些真实的材料到了作家的手上进入作品中，也是经过作家改造而后以艺术的形式创造出来的。它似现实，又不是原来的现实，它包含了作家种种主观因素在内的审美创造。

在中国文学的传统中，现实主义的叙事从来就不是照着现实来写的，《三国演义》中的人物有历史的影子和原型，但都是按照作者的立场和现实需要去改造，并加以艺术表现的。蒲松龄的《聊斋志异》所写狐妖鬼魅，现实中并无实存，但内中却无不隐含现实，并具有人情人性和审美兴趣。中国古代的戏曲更是以假定性作为其重要叙事特性而蜚声国内外。而中国当代的作家贾平凹、莫言、张炜、陈彦等，他们的创作都有向中国古典文学与民间戏曲、民间故事的传统学习与借鉴的倾向，并从中汲取了诸多艺术营养，当然也包

①陈晓明：《文学如何反映当下现实》，《文艺研究》2012年第12期。

括了艺术观念、叙事方式与技巧。莫言曾说戏曲是他最早接受的艺术熏陶，家乡戏曲茂腔就对他产生着深刻的影响。他写作剧本《锦衣》的素材就来自他童年时期母亲给他讲的一个公鸡变人的故事。《檀香刑》是最典型的小说文本与戏曲文本的交融。他写作《蛙》也是向萨特的话剧《苍蝇》《脏手》那样的目标看齐的人间活剧。他在《红高粱》中采用的叙述方式，"叙事者在讲述故事的过程当中，不断地跳进跳出，这应该就是从戏曲舞台上所受的影响"①。他自己说，"这种时空处理的手段，实际上也许很简单。你说我受了西方影响也可以，你说我受了二人转和民间戏曲影响可能更准确"②。莫言从自身的经验出发道出了他创作上的奥秘，其中充满着他对中国民间文化及中国艺术传统的自信。金澄宇的《繁花》与付秀莹的《陌上》在叙事上也借鉴了中国古典白话小说以淡淡笔墨勾勒故事的描写传统，而且在文体与语言上都向古典传统做了致敬，给读者带来另一种陌生的阅读刺激。在贾平凹的创作中，我们更是见到他对中国文学的史传传统、笔记传统、志怪传统、世情传统的血脉承续。因此，即使是在那些曾经被称为被拉美魔幻现实主义灵光笼罩的作家身上，他们依然从本民族的文化积淀出发，将自己的

---

① 莫言、张清华：《在限制的刀锋上舞蹈——莫言访谈》，《小说评论》2018年第2期。
② 莫言、张清华：《在限制的刀锋上舞蹈——莫言访谈》，《小说评论》2018年第2期。

写作刻上鲜明的中国印记。拉美魔幻现实主义一方面成为他们学习与借鉴的对象，另一方面也激发出他们对本民族文化资源和文化传统的再发现、再重视与再利用、再创造。

就是在中国现代文学的传统中，捷克汉学家普实克也早指出，中国现代文学就存在抒情与史诗的并列，现代文学已初步构建了现实主义的传统，尤其是史诗性传统。如茅盾、老舍、巴金等。他还指出，"茅盾是中国现代最伟大的史诗性作家"①。同时，他还指出了中国现代作家建立起了以内省和分析来描写人物以及作者内心世界的叙事方式："在中国，这股合流（指中国旧传统与欧洲当代情绪的汇合——引者注）促使作家们开始探索错综复杂的人类心理，不是以客观的眼光去研究人类的普遍特征，而是主要以内省和分析的方式，去描写作者自我的内心世界。"②这种内省和分析的方式对中国20世纪80年代后新现实主义的表现–内思式叙事方式产生着潜移默化的影响。当代文学只是在继承现代文学的传统上进一步拓展而已，但它们不是抒情传统的继续，而是新的叙事传统的建立。

发展到当代，尤其是20世纪80年代之后，现实主义的发展却呈现了多种面孔，甚至与现代主义存在着复杂的纠缠关

---

① ［捷克］普实克：《抒情与史诗——中国现代文学论集》，郭建玲译，上海三联书店，2012，第6页。
② ［捷克］普实克：《抒情与史诗——中国现代文学论集》，郭建玲译，上海三联书店，2012，第83页。

系。这不仅是中国的现实主义发展才这样，世界上现实主义文学的发展其实也是如此。法国新小说派创始人罗伯-格里耶就认为现实主义可以有多种面孔，他的小说也被人认为是一种主观现实主义。在中国，现实主义的发展也有着多样性表现和多副面孔。早在20世纪80年代，钱中文就认为不要把现实主义抽象化，使它变为没有生活气息的理论，应该"把现实主义看成是一个不断丰富、发展的文学创作原则，而不是具体的创作方法，结合文学的历史发展和创作实践中不时出现的问题，从各种角度进行考察，给以历史的、理论的阐明，以揭示现实主义的不断综合、创新的特点和多元化倾向，多种流派的不同特色，以及它们的发展前景"①。中国现实主义的发展与丰富正是以更多样的文学样态与现实保持着复杂但深刻的联系。

拿新写实小说来说，"所谓新写实小说，简单地说，就是不同于历史上已有的现实主义，也不同于现代主义'先锋派'文学，而是近几年小说创作低谷中出现的一种新的文学倾向。这些新写实小说的创作方法仍是以写实为主要特征，但特别注重现实生活原生形态的还原，真诚直面现实、直面人生。虽然从总体的文学精神来看，新写实小说仍可划归现实主义的大范畴，但无疑具有了一种新的开放性和包容性，

---

① 钱中文：《现实主义和现代主义》，人民文学出版社，1987，第2-3页。

善于吸收、借鉴现代主义各种流派在艺术上的长处。"①
这是在写实基础上的借鉴，是现实主义在特定形势下的新
面孔。

至于先锋派文学，先锋只是一种文学精神，表现形式
可以是现代主义的，但却脱离不开社会现实，所以他们采取
变形了的现实或者通过寓言式的手法去表现，如莫言的《天
堂蒜薹之歌》《蛙》，阎连科的《坚硬如水》等。"先锋文
学带给20世纪80年代文学的绝对不只是文学形式本身，而
是密切伴随着的对生活的认识、理解和表现，以及思想、主
题和文化观念上的巨大差异。在他们全新艺术形式下表现出
来，不可能再是中国以往文学所习惯的传统文化观念，而是
带有强烈现代西方文化色彩的思想方式，以全新的人生和哲
学视角，体现出一种全新的文化价值观和生活理念。"②对
先锋创作者而言，对于形式的绝对要求，往往意味着更接近
经验和想象层面的真实性。关于这一点，普实克早就看到，
他说："所谓先锋艺术的开端，首先表明了艺术家对于他所
描绘的现实重新评价的努力，以便引起人们对艺术家认为的
那些重要特征的注意，接受对于现实的某种评判。"③他们

---

① 《"新写实小说大联展"卷首语》，《钟山》1989年第3期。
② 贺仲明：《理想与激情之梦（1976—1992）》，广东教育出版社，
  2009，第153页。
③ ［捷克］普实克：《抒情与史诗——中国现代文学论集》，郭建玲
  译，上海三联书店，2012，第88页。

所面对的还是要如何看待与评判现实的问题，不过是另一种形式的评判而已。与传统的现实主义不同，他们可能会采取一种畸形的、扭曲的现实画面去表达，"而对现实扭曲的描绘，似乎可以告诉我们更多的现实的本质"①。莫言将现实与幻想混合，以超常的艺术想象和富有象征与寓意的故事展开对现实的评判，也是中国特有的现实主义之一种。中国当代先锋文学当然也可以看作是现实主义多种面孔的体现了。

正是从文学本质的表达、中国古典与现代文学传统的继承与发扬以及中国现实主义表现的多种面孔上看，我们完全可以有一种自信，中国现实主义是中国当代文学发展的主潮，而且正在建构起自己的叙事传统。

三

或许有人会问，中国当代文学也就70年，而且还在发展之中，这么急着给它梳理叙事传统，会有意义吗？我的回答是肯定的。从文学史的意义看，70年应该是一个不短的时期了，像初唐文学也就70年时间，出了"初唐四杰"也是对文学史的贡献，陈子昂提倡文风改革也留下了浓墨重彩的一笔。对当代文学现实主义叙事传统进行构建式梳理，不仅具

①〔捷克〕普实克：《抒情与史诗——中国现代文学论集》，郭建玲译，上海三联书店，2012，第88页。

有现实的意义，也具有文学史的意义与价值。

首先，它有利于整体把握中国当代文学叙事的传统，加深对中国特色社会主义现实主义多侧面与复杂性的认识，增强我们对中国文学发展道路的自信。

中国当代文学现实主义发展的70年，道路是坎坷和曲折的。改革开放初期，现实主义文学一时还很难脱离旧的传统，在表现方式与技法上都未免简单，好在有思想的锋芒和呼唤改革与反思的大环境，它曾经也是风光一时。但进入20世纪80年代后期与90年代，当先锋文学风头正盛，以所向披靡之势占领文坛之时，现实主义文学一度不敢声张。但走过这一段路回头去看，我们依然可以将先锋文学看作是以反现实的表象表达对现实的评判，可以看作是中国现实主义文学的另一副面孔，是现实主义文学与现代主义的相互纠缠相互借鉴并呈现出复杂性的表现。中国特色的社会主义还处于初级阶段，改革艰难，步履沉重，现实也由此变得纷杂和沉重，文学要去反映它表现它，作家们必然会从各个不同的角度去观察、把握、评判纷杂而沉重的现实，就会出现不同面貌的现实主义。在西方现代主义文学思潮引进的过程中，中国作家向西方文学学习，借鉴他们的技法，也不自觉地推动了中国现实主义文学的改变。而从总体上说，中国作家在经历过外向相求的路程后，并没有忘记中国自己的文化与文学传统，他们在立足中国现实的基础上，探索性地走过一段对先锋文学的探索之路，大大提升了中国现实主义文学对艺术形式的重视，丰富了现实主义的多样性表现，这对中国现实主义文学的发展绝对是大有助益的。可以毫不夸张地说，因为40年的改革开放，如今的中国文学与世界文学的发展基本上是同步而行的，并没有像20世纪八九十年代那样只是一味地追赶与模仿。一些曾经的先锋文学标志性作家在走过学习模仿的路程之后又都有所反思，重新会聚在现实主义的旗帜下进行新的创作，这正好说明中国现实主义文学是大有前途的。假以时日，中国现实主义文学在世界文学中的地位与价值会得到更多的赞誉。有学者指出，"对于共和国六十年来的整体历史，必须寻求一种新的整体性视野和整体性论述"①，甚至提出"中国改革需要达成新时代的'通三统'：孔夫子的传统、毛泽东的传统、邓小平的传统，是同一个中国历史文明连续统"②。依照这一思维与逻辑，将中国当代文学70年的现实主义叙事放在一个整体性视野下来做整体性的论述，我们就会发现中国文学的"道路自信"不仅是中国古典文学传统、"五四"以来新文学传统、1942年《在延安文艺座谈会上的讲话》以来社会主义文学传统的传承与延续，而且也是中国当代文学发展的内在规律，是当代

---

① 甘阳：《中国道路：三十年与六十年》，载甘阳《文明国家大学》，三联书店，2018，第33页。
② 甘阳：《中国道路：三十年与六十年》，载甘阳《文明国家大学》，三联书店，2018，第44页。

优秀作家们创作的内在要求。

其次，有助于对一些有标志性的作家作品和文学现象的认识。文学发展不是一条单线和直线，总存在着主潮与思潮、局部与整体、多层次与统一体的关系。从总体上看，中国当代文学是现实主义占据着主潮，但在某一个时段则又可能表现为暗线在发展，如在先锋文学思潮十余年的高调发展中，现实主义就好像是隐身了，等到这时再回头审视，我们却发现它其实无处不在。将先锋文学看作是现实主义发展的另一副面孔，这让我们对这些作家创作道路的再认识是有意义的，对他们创作的再度理解与再度阐释或许更有启发。即使在一直坚持现实主义创作的主潮中，作家之间也存在着局部与整体、多层次与统一体的关系。除了他们向现代主义借鉴写作观念与技法有不同层次的区分之外，就是他们对现实的思考和评判也有着较大的区别，更不用说他们站在自己熟悉的地域以自己熟悉的经验去抒写与表现现实的差异了。贾平凹的写作表面看来好像是挺传统的，但他时常从西方美术界的理论中得到启发，从而激发他的现代写作意识。他写《怀念狼》之时就受到画家贾科梅蒂的启发，有意识地去建构"以实写虚"的意象世界。在谈自己的写作时，他说："我主张在作品的境界、内涵上一定要借鉴西方现代意识，而形式上又坚持民族的。"①贾平凹与刘醒龙、关仁山与陈彦、王安忆与迟子建等相互之间也呈现出多层次性，但在现实主义的统一体上他们又呈现出一致性或相似性。

再次，有利于对一些争议性问题做出相应的回答。如文学叙事的现代性问题。过去我们总认为现实主义吸收了现代主义的叙事观念与叙事手法，就必然要归于现代主义，这其实也是误解。在国际文学潮流上，现实主义与现代主义就有相互纠缠、相互借鉴、相互融合的现象，那在中国，作家们吸收现代主义叙事观念与手法来开拓现实主义的道路，也应该是属于正常的文学借鉴范围。将70年的文学发展总体上看作是现实主义的发展，尤其是将先锋文学看作是现实主义的另一副面孔，构建了现实主义的叙事传统的另一个侧面，也是对现实主义是否一定就缺乏现代性的问题最好的回答。这不是现实主义在招安或者是牵强附会的问题，而是作家们的创作道路实践与文学总体发展的一致性并体现出了现实主义特征的问题。又如当代文学是否存在史诗性叙事，这也是必须回答的问题。在中国现代文学研究领域，时兴谈抒情传统问题，似乎中国现代文学主流就是抒情传统，微弱的史诗性叙事很难撑起中国现代文学的大厦。那中国当代文学是不是也缺乏叙事传统尤其是缺乏史诗性传统呢？建构起中国当代

①胡天夫：《关于对贾平凹的阅读》，载《贾平凹文集》第17卷，陕西人民出版社，2004，第263页。

文学的叙事传统，尤其是清理出史诗性叙事的线索，对于中国当代文学进一步认识自身，增强自信，不再是某些汉学家眼中的不值之物，自然也有着重要意义。

自然，中国当代文学现实主义叙事传统还处在进行时，但大致的轮廓已可窥见，如果我们在回顾与总结之中去有意识地加以构建，当会使我们更明了当前文学发展的态势和远景。

（此文原载《南方文坛》2021年第1期，获得《南方文坛》2021年度优秀论文奖）

新时代文艺中国精神表现途径初议

习近平总书记在文艺工作座谈会上的讲话中指出"中国精神是社会主义文艺的灵魂""实现中国梦必须走中国道路、弘扬中国精神、凝聚中国力量"①。新时代文艺如何表现中国精神？通过什么途径去表现？这是我们文艺工作者在实现中华民族伟大复兴征程上必须回答的一个重大问题。

从总体上看，新时代文艺要走的就是一条以构建文化自信为基本力量的铸魂工程，这个"魂"就是中国精神。中国精神不仅是文艺的灵魂，也是凝心聚力的兴国之魂、强国之魂。文艺要触及人的灵魂，塑造人的灵魂，以文化人，以文育人，引起人民的共鸣，振奋人民士气，鼓舞人民斗志，就要以弘扬中国精神为旗帜。而这一切又是建立在文化自信

---

① 习近平：《在文艺工作座谈会上的讲话》，载《习近平总书记在文艺工作座谈会上的重要讲话学习读本》，学习出版社，2015，第24页。

的基础上的，文化自信给文艺家提供了写作的底气和勇气，提供了文化传统的支撑和动力，正如习近平总书记所说："没有文化自信，不可能写出有骨气、有个性、有神采的作品。"[1]而在文艺表现中国精神的具体表现途径上，我们则可以深入探讨，加以细化。

一是弘扬以爱国主义为核心的民族精神，凝聚与铸牢中华民族共同体意识。

中华民族五千年历史中，爱国主义一直是贯穿中华民族的一条红线，维系着华夏大地上各民族的团结统一，成为中华民族的精神基因。无论历史上中华民族经历过多少分分合合，但总体上多是以维护中华文化、主张团结统一为其根本目标。历史上的文艺作品对此进行了极其丰富的描写，给我们留下了丰厚的文化遗产。从《诗经》到屈原，从杜甫、岳飞到文天祥、林则徐，文学书写与讴歌形成了中华文艺中团结统一、同仇敌忾、抗击侵略、百折不挠、自强不息的民族精神。不仅如此，文艺还书写了各民族兄弟姐妹唇齿相依、维护祖国统一和民族团结、凝聚民族命运共同体意识的奋斗史。

---

[1] 习近平：《在中国文联十大、中国作协九大开幕式上的讲话》，人民出版社，2016，第6页。

进入新时代，我们要继承中国古典文学优秀文艺传统，以及"五四"以来的优秀文艺传统和革命文艺的传统，更多地书写我们当下这个时代，当然也包括1921年中国共产党成立以来的近百年，以及中华人民共和国成立以来的70年的历史所创造的民族精神。1921年中国共产党成立以来我们已经有了"红船精神""井冈山精神""延安精神""西柏坡精神""沂蒙精神"等，1949年以后我们又有了"两弹一星"精神、载人航天精神、抗洪抢险精神、抗震救灾精神、塞罕坝精神、港珠澳大桥精神，还有抗"非典"、抗"新冠"疫情精神等。这里面有着一系列的标志性事件和符号，有着一系列代表性人物和神奇的故事，他们创造的中国奇迹和中国经验，正需要文艺用如椽之笔去进行史诗般的书写，去演绎精彩的中国故事，记录中国奇迹，展现中国人独立自主、自力更生、自强不息、爱国为民、无私奉献的心路历程。

当然，我们还要继续以边地书写为切入口，继续写好民族命运共同体构建过程的中国故事，这里面我们已经有了像《嘎达梅林》《东归传》《尘埃落定》《云中记》《这边风景》《湾区儿女》等优秀文艺作品作为榜样。面对当今复杂的形势与状况，在西方某些不怀好意的国家的挑战下，我们更要以反对分裂、维护统一为责任，以文学之力和文化之力去团结全球华人的力量，凝聚与铸牢中华民族命运共同体意识。

二是宣扬改革创新的时代精神，鼓舞与坚定中华民族走中国特色社会主义道路的决心与信心。

改革创新的时代精神是中国精神中最有活力也最值得总结与提倡的元素。中国特色社会主义之所以形成当前比较成熟的道路、制度、理论，与中国人民改革创新的意识与实践密不可分。在从计划经济向市场经济转型的过程中，中国人民以"杀出一条血路来"的壮士断腕气概，在深圳蛇口开启了引进外资代人加工的工业制造，也首先在深圳打开了股票市场的大门，并实现了全国经济的"软着陆"和金融风险的可防可控；"二马"（马云、马化腾）的创新成了网络与信息世界浪潮的弄潮儿，华为的5G创新更是在世界科技领域闯关夺隘抢先一步，成为中国人的骄傲；中国人在大国重器、海洋经济、精准扶贫等方面的开拓与成绩也引人注目。改革创新给人民带来的红利无处不在，时代精神已经内化为人民自觉的心理和行为指标。

对改革创新的时代精神书写由报告文学、电影、电视剧等文艺样式首先做出了回应，如电影《十八洞村》，电视剧《岁岁年年柿柿红》，报告文学《中国桥——港珠澳大桥圆梦之路》《天开海岳——走进港珠澳大桥》等，但真正深入科技企业、金融企业了解科技人员、金融人员的改革创新，我们许多文艺家并没有完全做好准备，这一方面有知识准备上不充分的因素，另一方面也有生活相对隔膜并不熟悉的因素，工业文学、金融文学长期以来就是我们的弱项。然而，这条路我们必须走通畅走顺畅。书写好改革创新的时代精神，要求文艺家必须走入火热的现实生活（包括自己并不熟悉的生活）中去，坚持以人民为中心的创作导向，创作出有鲜活时代气息、充满时代精神召唤、激励人民前行的优秀文艺作品。

自然，改革创新精神并不是非得要集中在对重大事件和杰出人物的描写上，也可以体现在文艺家对平凡人平凡事的书写之中，甚至也可以描写他们在道路和心灵探索方面的挫折与失败，但在价值导向上却总是体现向上向善。改革创新不仅体现在社会的物质丰富和科技进步上，也体现在人们思想观念、价值取向和心理行为的改变。社会进步与发展是滔滔巨流，而普通百姓平凡生活的每一个变化则是汇聚这巨流的朵朵浪花。在这方面，贾平凹的小说《高兴》《带灯》做出了很好的探索。

三是着力构建人类命运共同体意识的全球化价值导向，让中国在融入世界的进程中更好地被世界所认识所接纳。

中国快速发展的40年，让世界看到了一个崛起的中国和创造奇迹的中国。中国的发展不仅改变了自身，也改变了世界发展的格局。中国在参与世界的发展中也生成了崭新的自我世界，迎来了前所未有的世界大变局。在民族意识高涨的时期，文艺家如何站在较高较大的视野上看待中国与世界的关系，以构建人类命运共同体为价值导向，正确看待全球化与民族意识的关系，正确看待国际上的逆全球化态势，将中国的发展与世界的发展融合起来看待，在自我精神上实现飞跃，在继续开放中加强对世界格局的深度认识，也在认识世界改变世界中让世界认识中国接受中国。正如学者施展指出的那样，"未来的世界秩序是由中国加入这个秩序的过程所定义的；未来中国的成长也只能在这个过程中实现"①。中国的发展与定位既取决于自身，也取决于世界。

在人类命运共同体意识的构建上，中国文艺还刚刚起步，在题材与体裁上都需要进一步开拓，在艺术表现方式上也需要进一步加强。《流浪地球》的出现有了人类命运共同体意识的突破，但战争片却还是尾随着西方的武力霸权意识，在宣扬所谓"硬汉"形象的同时，也不免带有一切靠武力说话的痕迹。中华民族是一个爱好和平的民族，在世界上不是靠穷兵黩武、对外扩张而立国立本的，"远人不服，则修文德以来之"，以德服人、以文化人历来是中华民族精神

①施展：《枢纽：3000年的中国》，广西师范大学出版社，2018，第611页。

中重要的传统。我们在"一带一路"的文艺叙事中，应更多地寻求携手合作、互利共赢的表达。中国近年来在参与国际事务、承担国际责任和义务、维护世界和平、参与全球治理，尤其是这次全球抗击新冠病毒中发挥了重要的作用，文艺怎样去关注它、表现它，的确是新时代文艺面临的新课题。中国维和部队在国外的斗智斗勇、中国海军在公海上驱赶海盗维护船只安全、中国企业在非洲的筚路蓝缕等等，都具有惊心动魄、异常精彩的故事，等着我们去发掘、倾听与表达。

新时代文艺对中国精神的表现自然不是简单化的，在民族精神、时代精神以及人类命运共同体意识的表达上三者是互为表里、有机融合的。民族精神在新时代的表达中有一个再阐释、再认识、再深化的时代化过程，时代精神有一个对中国价值、中国经验、中国理念进行提炼的民族化过程，人类命运共同体意识中既有民族精神的继承与弘扬，也有时代精神的视野和胸襟、智慧与勇气。民族精神的时代化，赋予民族精神以时代气息，将中华民族以爱国主义为核心的民族精神作为时代的标志，在中华民族伟大复兴的事业中成为凝聚起中华民族的共同体意识，鼓舞人民奋力前行的精神动力源。在一些杰出人物如钱学森、邓稼先、黄旭华、钟南山、任正非等人的身上，他们的爱国主义行为、风骨、人格继承着民族精神的血脉，又有着鲜明的时代特色，体现出改革创新的时代意识。中国的创新创造包括"一国两制"的制度创新、经济制度创新以及科技创新中凝聚着全国多民族的智慧和力量，青藏铁路、航天飞船等提升了民族的自豪感，西部开发、脱贫攻坚，让少数民族地区走上快速小康路，则进一步强化了各民族唇齿相依、共同致富、团结统一的民族凝聚力，体现出中国经验、中国理念。中华民族精神中的许多因素，如自强不息、百折不挠在今天的科技创新创造中则有了崭新的表现方式，中国制造、中国标准成为新时代中国人追求的目标。在构建人类命运共同体意识中，分明又有着中华民族文化传统中的大同意识、和平意识，互利共赢的理念中蕴含着中华民族的义利观、伦理观、大局观。

新时代需要新的文艺，更需要对中国精神的准确表达，对这个崭新的任务和课题，中国文艺家责无旁贷。路是靠人走出来的，走新路就需要有新的认识和理念。新时代文艺之路宽广无比。

（此文原载《中国文艺评论》2020年第10期）

坚守人民立场，为时代书写生生不息的人民史诗

　　习近平总书记在中国文联十一大、中国作协十大开幕式上的重要讲话，站在中华民族伟大复兴战略全局和世界百年未有之大变局的新历史方位上，高度评价了中国共产党领导文艺的百年经验和党的十八大以来文艺所取得的丰硕成就，深刻阐明了新时代新征程上文艺的地位作用、方针原则、目标任务、基本要求，为新时代中国特色社会主义文艺的发展指明了方向，规划了道路，提供了根本遵循。他向广大文艺工作者提出的五点希望，每一点都具有丰富的内涵，体现着他对新时代文艺本质规律和创作规律的深刻认识，与他对文艺工作的一系列重要论述一道构成了中国化马克思主义文艺观的重大创新和飞跃。

　　习近平总书记的重要讲话要求广大文艺工作者坚守人民立场，书写生生不息的人民史诗，这体现了他在治国理政

中以人民为中心的根本立场，也是他关于文艺工作重要论述的根本立场。讲话指出，"人民是文艺之母""生活就是人民，人民就是生活"[①]，将人民、生活、文艺联系成一个整体，进一步丰富了文艺与生活、文艺与人民的辩证关系，对文艺的人民性做了更为深刻的阐述，体现出马克思主义真理的光辉。

坚守人民立场，首先要坚持"人民是历史的创造者，也是时代的创造者"的马克思主义的历史观和时代观。

中国共产党从创立以来，就旗帜鲜明地坚持用"人民是历史的创造者"这个唯物史观来指导中国革命和建设的实践。历史的实践证明，只有依靠人民，中国才能站起来、富起来并走向强起来。新民主主义革命时期，人民发挥着巨大的智慧和创造力，在争取民族独立和人民解放的斗争中显示出了强大的力量。习近平总书记曾形象地指出过，"红军时期，人民群众就是党和人民军队的铜墙铁壁；抗日战争时期，我们党广泛发动人民群众，使日本侵略者陷入人民战争的汪洋大海；淮海战役胜利是靠老百姓用小车推出来的，渡江战役胜利是靠老百姓用小船划出来的"[②]。社会主义革命与建设的巨大成就、改革开放和社会主义现代化建设新时期

---

① 习近平：《在中国文联十一大、中国作协十大开幕式上的讲话》，人民出版社，2021，第8页。
② 习近平：《开展党史学习教育要突出重点》，载《习近平谈治国理政》第四卷，外文出版社，2022，第512页。

所取得的辉煌成果，都是依靠人民群众干出来的。在迈向中华民族伟大复兴的征程上，人民又是伟大的奋斗者和圆梦者。人民的积极性、主动性和创造性是磅礴不可阻挡的。

讲话指出："在人民的壮阔奋斗中，随处跃动着创造历史的火热篇章，汇聚起来就是一部人民的史诗。"①在中国共产党领导的百年文艺中，文艺作品有着书写人民史诗的优良传统。现代文艺中的《祝福》《子夜》《雷雨》《骆驼祥子》《黄河大合唱》《小二黑结婚》等，当代文艺中的"三红一创"以及《三家巷》《山乡巨变》《乔厂长上任记》《平凡的世界》和《山海情》《觉醒年代》《革命者》等，谱写的就是以人民为中心的人民史诗。站在新的历史起点上，文艺工作者一定要让人民成为作品的主角，讴歌人民创造历史的伟大进程，讴歌人民为中华民族伟大复兴的拼搏与奋斗。习近平总书记曾提示我们："历史变化如此深刻，社会进步如此巨大，人们的精神世界如此活跃，为文艺发展提供了无尽的矿藏。"②面对波澜壮阔的新时代，面对丰富的人民生活与奋斗的矿藏，文艺工作者如果认识不到人民是时代的主角，错失时代的馈赠，就会与史诗擦肩而过，也会与历史失之交臂。因此，把文艺创造写到民族复兴的历史上、

---

① 习近平：《在中国文联十大、中国作协九大开幕式上的讲话》，人民出版社，2016，第13页。
② 习近平：《在中国文联十一大、中国作协十大开幕式上的讲话》，人民出版社，2021，第8页。

写在人民奋斗的征程中，就要成为文艺工作者自觉的目标追求。

坚守人民立场，就要与人民融为一体，领悟人民心声，书写出真实、现实、朴实的人民，以及他们生命的光彩。

在讲话中，习近平总书记要求我们"只有深入人民群众、了解人民的辛勤劳动、感知人民的喜怒哀乐，才能洞悉生活本质，才能把握时代脉动，才能领悟人民心声，才能使文艺创作具有深沉的力量和隽永的魅力"，他还强调，"不仅要让人民成为作品的主角，而且要把自己的思想倾向和情感同人民融为一体"①。联系习近平总书记在中国文联十大、中国作协九大开幕式上的重要讲话中关于文艺人民性的论述来看，我们更加明了了文艺该如何融入人民之中，以及从什么途径去反映他们所创造的史诗。习近平总书记曾指出："人民不是抽象的符号，而是一个一个具体的人的集合，每个人都有血有肉、有情感、有爱恨、有梦想，都有内心的冲突和忧伤。"②"史诗是人民创造的，不论多么宏大的创作，多么高的立意追求，都必须从最真实的生活出发，从平凡中发现伟大，从质朴中发现崇高，从而深刻提炼生

---

① 习近平：《在中国文联十一大、中国作协十大开幕式上的讲话》，人民出版社，2021，第8-9页。
② 习近平：《在中国文联十大、中国作协九大开幕式上的讲话》，人民出版社，2016，第12页。

活、生动表达生活、全景展现生活。"①文艺工作者只有与人民融为一体，才能体验他们的欢乐忧伤，才会了解他们每个家庭的酸甜苦辣，才能写出他们身边真实的感人肺腑的故事。关注人民的普通生活，反映他们的情感追求和对幸福的向往，这样的作品才能真正走进人民的心里去。以普通人的故事来表达他们心底的善良与骨气、坚强与梦想，构建起普通中国人为了民富国强而不懈奋斗的时代画卷，这样的作品才能激发起人民内心的共鸣，产生强大的艺术穿透力和感染力。

作家、艺术家与人民融为一体，是需要为艺术奋斗的勇气和定力的。深入生活，扎根人民，就需要像赵树理、柳青、周立波、陈忠实那样，真正走到人民中间去，与他们同呼吸共命运，才能写出具有真正意义的反映人民生活的作品。那种蜻蜓点水、走马观花式的所谓"深入生活"，往往是表面的，无法触及灵魂的。近些年来，广东不少作家在"深扎计划"的激励下，沉入各个地区，充分了解当地的文化现象、民俗民风，感悟那一方水土和人的关系，感受他们的精神世界，写出了一部部具有南方特色、文化底蕴深厚的作品。

坚守人民立场，就要不断地发掘和塑造代表时代精神的

---

① 习近平：《在中国文联十大、中国作协九大开幕式上的讲话》，人民出版社，2016，第13页。

新人物，体现人民的审美观和价值观。

　　塑造代表时代精神的新人物，是社会主义文艺的重要任务。"文学艺术以形象取胜，经典文艺形象会成为一个时代文艺的重要标识。"①《白毛女》《小二黑结婚》《红色娘子军》中的经典文艺形象反映出中国人民将自我解放与民族解放紧密结合在一起，是中国人民为了追求自由民主不懈奋斗的象征。梁生宝、孙少安、孙少平、乔光朴、陆文婷、马得福等文艺形象，生动地反映出社会主义革命与建设时期、改革开放和社会主义现代化建设新时期的时代追求，他们的辛劳和拼搏代表着那个时期的时代潮流，为时代留下了印迹，雕刻出了时代精神。一个时代有一个时代的经典文艺形象，在新时代的征程中，文艺工作者要按照习近平总书记指出的那样，"从时代之变、中国之进、人民之呼中提炼主题、萃取题材，展现中华历史之美、山河之美、文化之美，书写中国人民奋斗之志、创造之力、发展之果，全方位全景式展现新时代的精神气象"②。中华民族伟大复兴进入了不可逆转的历史进程，人民同时也要准备付出更为艰巨、更为艰苦的努力，文艺工作者一定要把自己的艺术创造与把握民族复兴的时代主题融到一起，将自己的人生价值追求和民族

---

① 习近平：《在中国文联十一大、中国作协十大开幕式上的讲话》，人民出版社，2021，第9页。
② 习近平：《在中国文联十一大、中国作协十大开幕式上的讲话》，人民出版社，2021，第7页。

发展、国家命运、人民对美好生活的愿望融到一起，发掘和塑造更多的代表时代精神的优秀人物形象，才能无愧于这个波澜壮阔的时代，不辜负具有恢宏气象的时代。

发掘与塑造更多代表时代精神的新人物，并不是轻而易举的，它需要作家、艺术家具有更高远的眼界和博大的胸怀，做到"眼纳千江水、胸起百万兵"，登高临流，在树立大历史观和大时代观上下功夫，在把握时代大势中去敏锐地把握新时代新人物的特征和趋势，让新人物的塑造代表着时代的旋律和节奏。另一方面，塑造新人物，还需要有文艺形式、写作技法的创新，有自我突破的勇气，以现实主义和浪漫主义相结合的美学风格，使文艺形象代表着人民的审美观和价值观，为实现中华民族伟大复兴提供强大的价值引导力、文化凝聚力和精神推动力。

需要警惕的是，我们不能陷入随意编造、轻率虚构的人物描画之中，"不能用虚构的形象虚构人民，不能用调侃的态度调侃人民，更不能用丑化的笔触丑化人民"[①]。这既是文艺工作者具备高尚品德的标志，也是具有人民立场的一个准则。

新的时代，人民的生活激昂向上、气象万千，人民的奋斗将创造出动人的乐章，这是机遇，也是挑战。我们要投

---

① 习近平：《在中国文联十一大、中国作协十大开幕式上的讲话》，人民出版社，2021，第8页。

身于新时代征程的生活中，答好时代出的问卷，创造出有生活、有筋骨、有温度、有道德的精品佳作，向人民交出满意的答卷。

（此文原载《文艺报》2022年2月14日）

责任与使命：建构新时代中国文艺理论话语体系

中国共产党第十九届中央委员会第六次全体会议通过的《中共中央关于党的百年奋斗重大成就和历史经验的决议》（以下简称"《决议》"），是中国共产党历史上的第三个决议，它实事求是地回顾历史、评价历史，总结了中国共产党百年奋斗所积累的十大宝贵经验，同时高瞻远瞩，在面向未来的维度上对新时代中国共产党在新征程上的奋斗目标做出了战略安排。

《决议》坚持唯物主义观及其方法论，在许多重大问题分析与评价上给我们树立了典范，不仅给我们提出了崭新的思想与理论，而且给我们做出了坚持历史唯物主义和辩证唯物主义的方法论示范。比如关于马克思主义中国化的阐述，《决议》将其分为四个阶段和三次飞跃，让我们对马克思主义中国化进程有了清晰的认识，当然也让我们从中悟出一个道理：要实现马克思主义中国化，不能固守马克思主义的教条，必须立足中国文化与中国实践，根据中国的具体实际，做出创造性发展。这才是符合马克思主义的做法。早在马克思的时代，他的同伴恩格斯已经指出："马克思的整个世界观不是教义，而是方法，它提供的不是现成的教条，而是进一步研究的出发点和供这种研究使用的方法。"①刚刚召开的党的二十大，在论述"开辟马克思主义新境界"时，又在马克思主义"中国化"之后加上了"时代化"，进一步强调了马克思主义与时俱进的政治品质，指出"推进马克思主义中国化时代化是一个追求真理、揭示真理、笃行真理的过程"②。联系到新时代中国文艺理论话语体系的构建，我们要做的就是要在实现马克思主义文艺理论中国化时代化的进程中，将马克思主义文艺理论与中国特色社会主义的实践结合起来，创造性地构建起新时代的话语体系，同时在汲取中华优秀文化传统的基础上，继承与创新性地发展中国古典文艺理论话语，并将其融合到新时代中国文艺理论话语体系中来。

"马克思主义文艺理论中国化正是我们文艺学理论创新的根本途径，从而也是当代文艺学创新建构的根本途

---

① 弗里德里希·恩格斯：《致威尔纳·桑巴特》，载《马克思恩格斯选集》第4卷，人民出版社，2012，第644页。
② 习近平：《高举中国特色社会主义伟大旗帜，为全面建设社会主义现代化国家而团结奋斗——在中国共产党第二十次全国代表大会上的报告》，《人民日报》2022年10月26日。

径。"①从以史为鉴、面向未来的视角上去看，新时代中国文艺理论话语的构建在马克思主义文艺理论中国化时代化的进程中，至少形成了下面几个方面的理论内容。

一、以人民为中心的人民文艺观

以人民为中心的人民文艺观是在毛泽东、邓小平关于文艺与人民的关系，以及文艺的根本属性论述的基础上发展，并由习近平进一步完善起来的。1942年毛泽东的《在延安文艺座谈会上的讲话》对什么是文艺、文艺为谁服务的根本问题做了精辟阐述，提出了"我们的文学艺术都是为人民大众的，首先是为工农兵的，为工农兵而创作、为工农兵所利用"的文艺观。在提出此观点前，他特别指出，讨论文艺的问题，不能按照教科书去讨论，而是本着马克思主义的方法论去看问题，从实际出发，不是从定义出发，"要从客观存在的事实出发，从分析这些事实中找出方针、政策、办法来"②。文艺问题的中心是什么？"我以为，我们的问题基本上是一个为群众的问题和一个如何为群众的问题。"③

①朱立元：《马克思主义文艺理论中国化与当代文艺学的创新建构》，《学术月刊》2006年第12期，第87页。
②毛泽东：《在延安文艺座谈会上的讲话》，载《毛泽东选集》第3卷，人民出版社，1991，第863页。
③毛泽东：《在延安文艺座谈会上的讲话》，载《毛泽东选集》第3卷，人民出版社，1991，第853页。

这便是马克思主义文艺理论与中国实际相结合所产生的中国的人民文艺观，成为影响到社会主义革命和社会主义建设时期的主流文艺观。进入社会主义新时期，邓小平根据改革开放、社会主义建设和经济发展的中国实际情况，对人民的内涵做了拓展，将知识分子也划在工人阶级之内，实际上是已将人民扩大到社会主义的所有建设者，使文艺具备"人民性"和"人民大众"的性质。他代表党中央在第四次全国"文代会"上的祝词里则对文艺与政治的关系进行了拨乱反正的重新表述，这直接为"文艺为人民服务，为社会主义服务"新政策的出台奠定了理论基础。进入新时代，习近平总书记从中国社会主要矛盾的变化、人民为中国梦奋斗的角度，进一步将人民界定为是一切为中国特色社会主义事业奋斗的人民。更重要的是，他将人民这个群体概念化为个体的有生命的人，指出"人民不是抽象的符号，而是一个一个具体的人，有血有肉，有感情，有爱恨，有梦想，也有内心冲突和挣扎"①。他还从人民的生活是文艺的根，人民是文艺之母，人民是文艺表现的主体；关心人民的意愿、要求、情感、关切就是文艺的魂；文艺必须不断创作出文艺精品满足人民的需要；人民才是文艺作品最终的评判者四个方面深度阐述了人民文艺观。这四个方面正是以根、魂、创作、接受

---

① 习近平：《在文艺工作座谈会上的讲话》，载《习近平总书记在文艺工作座谈会上的重要讲话学习读本》，学习出版社，2015，第19页。

作为四个支柱来建构人民文艺观的。

可以这么说，"以人民为中心"既是一个创作导向的问题，更是一个涉及文艺根本属性的问题，是新时代中国文艺理论新话语体系中的核心问题。

二、植根真实、塑造典型的文艺创作论

塑造典型环境中的典型人物是马克思主义文艺理论关于文艺创作规律的重要观点，从20世纪60年代到80年代，中国的文艺界进行过持续的讨论，达成了共识，文艺创作的实践尤其是叙事文学的创作也都认同这一创作的理念，并按照这种理念去进行创作。进入新时代，这一理论话语依然有着强大的生命力。

一方面，我们的文艺创作在努力创造具有强大艺术感染力的典型人物，如《觉醒年代》里中国共产党的创始人、《长津湖》里的志愿军战士、《山海情》中的基层干部和扶贫专家等等。另一方面，一些理论批评家也在呼唤要重新认识"典型环境中的典型人物"这一马克思主义文艺理论中重要创作原理的重要贡献，指出过去的70年我们并没有"真正透彻地理解和阐释恩格斯对现实主义的深刻定义"，"也就是对现实主义创作和批评的本质特征尚未吃透到骨髓当中

去"[1]，因此，在文学中就会出现"伪现实主义"，或者是"不充分的现实主义"，文学史长廊里也就缺乏最为突出的"典型人物"形象。那么在新时代里，我们就要"抓住时代的机遇，在这个纷乱复杂的世界里重树恩格斯'典型环境中的典型人物'，创造出当今世界具有普遍意义的'典型性格'的人物谱系，是每一个现实主义创作者应该遵循的小说创作的真理"[2]。

习近平总书记关于文艺工作的重要讲话多次提到要重视文学典型人物的创造，为我们在马克思主义文艺理论的中国化进一步指明了方向。他从典型人物代表时代的艺术高度以及代表一个时代文艺的重要标识的高度，指出了塑造新时代典型人物的重要价值。他指出："典型人物所达到的高度，就是文艺作品的高度，也是时代的艺术高度。只有创作出典型人物，文艺作品才能有吸引力、感染力、生命力。"[3] "文学艺术以形象取胜，经典文艺形象会成为一个时代文艺的重要标识。一切有追求、有本领的文艺工作者要提高阅读生活的能力，不断发掘更多代表时代精神的新现象

---

[1] 丁帆：《重树"典型环境中的典型人物"的现实主义大纛——重读〈弗·恩格斯致玛格丽特·哈克纳斯〉》，《中国当代文学研究》2020年第5期，第5页。

[2] 丁帆：《重树"典型环境中的典型人物"的现实主义大纛——重读〈弗·恩格斯致玛格丽特·哈克纳斯〉》，《中国当代文学研究》2020年第5期，第10页。

[3] 习近平：《在中国文联十大、中国作协九大开幕式上的讲话》，人民出版社，2016，第12页。

新人物，以源于生活又高于生活的艺术创造，以现实主义和浪漫主义相结合的美学风格，塑造更多吸引人、感染人、打动人的艺术形象，为时代留下令人难忘的艺术经典。"[1]习近平总书记对典型与时代的关系、典型与创作者的关系，以及创作者与阅读生活的关系、典型与文艺作品审美感染力的关系做了更富时代性的揭示，对我们在新时代坚持与发展马克思主义文艺理论中国化具有深远的影响。

典型来自真实，人民是真实的、现实的、朴实的，只有真实地"了解人民的辛勤劳动、感知人民的喜怒哀乐，才能洞悉生活本质，才能把握时代脉动，才能领悟人民心声，才能使文艺创作具有深沉的力量和隽永的魅力"[2]。习近平总书记在指出人民是一个一个具体的人的集合时，肯定了"每个人都有血有肉、有情感、有爱恨、有梦想，都有内心的冲突和忧伤"[3]。这实际上是肯定文艺必须从人物的真实性出发，才能塑造出典型，因为真实的人物千姿百态。他还指出："史诗是人民创造的，不论多么宏大的创作，多么高的立意追求，都必须从最真实的生活出发，从平凡中发现伟大，从质朴中发现崇高，从而深刻提炼生活、生动表达生

---

①习近平：《在中国文联十一大、中国作协十大开幕式上的讲话》，人民出版社，2021，第9页。
②习近平：《在中国文联十一大、中国作协十大开幕式上的讲话》，人民出版社，2021，第9页。
③习近平：《在中国文联十大、中国作协九大开幕式上的讲话》，人民出版社，2016，第12页。

活、全景展现生活。"①从最真实的生活出发成为文艺塑造典型、具备艺术生命力的根基。

三、现实主义精神与浪漫主义情怀
相结合的文艺传达论

从1949年中华人民共和国成立以来，现实主义就是中国文艺理论的话语选择，但是当时的提法是"革命现实主义"，并且将"革命的理想主义"也就是"革命浪漫主义"与革命现实主义的结合都归到社会主义现实主义里去。1953年9月举行的全国第二次文代会，在政治报告里就这样表述："我们的理想主义，应该是现实主义的理想主义；我们的现实主义，是理想的现实主义。革命的现实主义和革命的理想主义结合起来，就是社会主义现实主义。"②社会主义现实主义基本上是沿袭苏联的提法，因为与苏联的关系不睦，1956年之后，社会主义现实主义也不提了。1958年，毛泽东在成都会议上以伟人的气魄提出了"革命现实主义与革命浪漫主义相结合"的理论话语，但因为环境不当（1958年之后没两年就发生了三年困难时期，物质生产上对革命浪漫

---

① 习近平：《在中国文联十大、中国作协九大开幕式上的讲话》，人民出版社，2016，第13页。
② 转引自蒋承勇：《"浪漫"之钩沉——西方浪漫主义中国百年传播与研究反思》，《中国比较文学》2019年第2期，第170页。

主义支撑不力）、阐释不当（没有文艺理论家给出具有说服力的理论阐释，创作上也只有民歌和诗歌上的支撑），因此这一理论话语的建构陷入了困境。

经过改革开放，中国特色社会主义经济建设快速发展，文学中的现实主义精神依然在顽强地体现着，从路遥的《平凡的世界》到王蒙的《这边风景》、梁晓声的《人世间》，现实主义与理想主义无处不在。虽然有的作家在吸收西方现代文学包括"魔幻现实主义"在内的表现手法进行创作，但也都做了本土化的重置。这10年来，现实主义精神的回归极其明显，从理论界到创作界都在召唤现实主义和理想主义的结合。习近平在多次讲话中都在提倡，要在文学中体现现实主义精神和浪漫主义的情怀。在谈到希望文艺工作者要用积极的文艺歌颂人民时，习近平总书记说："广大文艺工作者要坚持以强烈的现实主义精神和浪漫主义情怀，观照人民的生活、命运、情感，表达人民的心愿、心情、心声，立志创作出在人民中传之久远的精品力作。"[1]他同时指出，文学要引导人们找到思想的源泉、力量的源泉、快乐的源泉，"清泉永远比淤泥更值得拥有，光明永远比黑暗更值得歌颂"。"要用有筋骨、有道德、有温度的作品，鼓舞人们在黑暗面前不气馁、在困难面前不低头，用理性之光、正义之

① 习近平：《在中国文联十大、中国作协九大开幕式上的讲话》，人民出版社，2016，第10页。

光、善良之光照亮生活。"①他从清泉与淤泥、光明与黑暗的比喻和对比中指出文学就是要"用光明驱散黑暗、用真善美战胜假恶丑，让人们看到美好、看到希望、看到梦想就在前方"②。他还指出，生活和理想之间总是有落差，现实生活中总是有这样那样不尽如人意的地方，但文艺却要"激励人们永葆积极向上的乐观心态和进取精神"③。这都是从现实主义精神与浪漫主义情怀相结合的角度去看待文艺的艺术传达的。这些论述对我们在新时代构建现实主义和浪漫情怀相结合的文艺理论话语有很强的指向性。

四、历史的、人民的、艺术的、美学的文艺评论观

关于艺术的评价标准，在改革开放新时期的初期曾一度有过混乱，当时主要是在一些纯粹追求形式主义的先锋小说面前，批评家不仅找不到合适的批评话语，而且连艺术的评价标准也变得模糊起来。文艺要不要反映历史、要不要有审美性都成了问题。在新时代，文艺追求真善美逐渐成为时代的主流，从历史与美学的观点去评论文艺作品也渐成风

---

① 习近平：《在中国文联十大、中国作协九大开幕式上的讲话》，人民出版社，2016，第14页。
② 习近平：《在中国文联十大、中国作协九大开幕式上的讲话》，人民出版社，2016，第15页。
③ 习近平：《在中国文联十大、中国作协九大开幕式上的讲话》，人民出版社，2016，第14页。

气。习近平总书记在关于文艺工作的论述中也从多方面谈到了文艺评论的衡量标准问题。对什么是优秀作品的问题，他做了很深刻的阐述。他强调文艺创作不仅要有高原，而且要有高峰，要出艺术精品。"优秀文艺作品反映着一个国家、一个民族的文化创造能力和水平。"[①]优秀的作品要"体现中华文化精神、反映中国人的审美追求，思想性、艺术性、观赏性有机统一"[②]。"精品之所以'精'，就在于其思想精深、艺术精湛、制作精良。"[③]同时，优秀的作品应该经得起人民的检验和评判。他还从文艺与时代精神的关系去举例，提出"一切轰动当时、传之后世的文艺作品，反映的都是时代要求和人民心声"[④]。这也是强调文学的历史厚度。在谈到怎样打磨好文艺批评这把"利器"，把好文艺批评的方向盘时，他指出要"运用历史的、人民的、艺术的、美学的观点评判和鉴赏作品"[⑤]，这对运用马克思主义关于历史与美学的观点评价作品是创造性的推进。

---

① 习近平：《在文艺工作座谈会上的讲话》，《习近平总书记在文艺工作座谈会上的重要讲话学习读本》，学习出版社，2015，第8页。
② 习近平：《在文艺工作座谈会上的讲话》，《习近平总书记在文艺工作座谈会上的重要讲话学习读本》，学习出版社，2015，第8页。
③ 习近平：《在文艺工作座谈会上的讲话》，《习近平总书记在文艺工作座谈会上的重要讲话学习读本》，学习出版社，2015，第11页。
④ 习近平：《在文艺工作座谈会上的讲话》，《习近平总书记在文艺工作座谈会上的重要讲话学习读本》，学习出版社，2015，第18页。
⑤ 习近平：《在文艺工作座谈会上的讲话》，《习近平总书记在文艺工作座谈会上的重要讲话学习读本》，学习出版社，2015，第33页。

五、构建人类命运共同体的文艺理想论

习近平总书记在新时代主要是从"讲好中国故事"出发，强调文艺创作要推出"更多彰显中国审美旨趣、传播当代中国价值观念、反映全人类共同价值追求"[1]的优秀作品。他希望文艺工作者要坚守艺术理想，要有天下情怀，要把目光投向世界、投向人类，"让目光再广大一些、再深远一些，向着人类最先进的方面注目，向着人类精神世界的最深处探寻，同时直面当下中国人民的生存现实，创造出丰富多样的中国故事、中国形象、中国旋律，为世界贡献特殊的声响和色彩、展现特殊的诗情和意境"[2]。因此，文艺工作者不能拘于自己的小悲欢，而是要"以更为深邃的视野、更为博大的胸怀、更为自信的态度，择取最能代表中国变革和中国精神的题材，进行艺术表现，塑造更多为世界所认知的中华文化形象，努力展示一个生动立体的中国，为推动构建人类命运共同体谱写新篇章"[3]。这是将中国文艺与世界文艺、与构建人类命运共同体相互联系起来而具有远大愿望的一种文艺理想。在党的二十大报告中，习近平总书记指出：

---

[1] 习近平：《在中国文联十一大、中国作协十大开幕式上的讲话》，人民出版社，2021，第12页。

[2] 习近平：《在中国文联十大、中国作协九大开幕式上的讲话》，人民出版社，2016，第16页。

[3] 习近平：《在中国文联十一大、中国作协十大开幕式上的讲话》，人民出版社，2021，第13页。

"构建人类命运共同体是世界各国人民前途所在。"①同时又从五个方面对人类命运共同体所应该具备的内涵做了阐释与展望："中国坚持对话协商，推动建设一个持久和平的世界；坚持共建共享，推动建设一个普遍安全的世界；坚持合作共赢，推动建设一个共同繁荣的世界；坚持交流互鉴，推动建设一个开放包容的世界；坚持绿色低碳，推动建设一个清洁美丽的世界。"②这为文艺工作者如何去表达人类命运共同体指明了途径。我们的文艺创作在这方面虽已起步，比如《流浪地球》《红海行动》中所体现的中国人的天下情怀，但依然需要我们努力去构建。

　　构建新时代中国文艺理论话语体系是一个艰巨而长期的任务，目前虽然有了这些重要的理论内容，但仍需要我们理论批评家和作家在习近平新时代中国特色社会主义思想的指导下，去阐释与研究，丰富与完善它，这是我们的时代使命，我们有责任去完成。

（此文原载《文艺理论研究》2022年第6期）

---

① 习近平：《高举中国特色社会主义伟大旗帜，为全面建设社会主义现代化国家而团结奋斗——在中国共产党第二十次全国代表大会上的报告》，《人民日报》2022年10月26日。
② 习近平：《高举中国特色社会主义伟大旗帜，为全面建设社会主义现代化国家而团结奋斗——在中国共产党第二十次全国代表大会上的报告》，《人民日报》2022年10月26日。

下辑

生态文学的时代价值与文化意义

党的二十大报告指出：中国式现代化是"人与自然和谐共生的现代化"①。促进人与自然和谐共生，是中国式现代化的本质要求之一。报告在第十部分专门围绕"推动绿色发展，促进人与自然和谐共生"做了阐述。这些重要论述为中国生态文学的发展指明了方向。生态文学以提倡生态理念、激发读者的环保意识为创作主旨，在大力推进生态文明建设的当下，具有独特的时代价值和文化意义。

表达生态保护理念

人类对待自然的态度不是单向的，而是交互的。人类怎

---

① 习近平：《高举中国特色社会主义伟大旗帜，为全面建设社会主义现代化国家而团结奋斗——在中国共产党第二十次全国代表大会上的报告》，《人民日报》2022年10月26日。

么对待自然，自然也会对人类做出相应的回报。自然的生命与人类的生命休戚与共，与自然的共生共存代表着现代的文明态度。在古代社会，人类善待自然，与自然为友，是很自然的事情。那时候，人类尊重自然的节律，按照自然的发展规律办事，在与自然的和谐相处中生存繁衍。但从14至16世纪文艺复兴时代开始，尤其是在进入工业社会之后，人类对待自然的态度发生极大变化，以人类为中心的理念逐渐取代了与自然和谐相处的理念，"人是万物的中心"理念使人类开始无休止地开发自然、改造自然、剥夺自然，以可以征服自然为荣耀。这对生态环境造成了很大破坏。人与自然是生命共同体，无止境地向自然索取甚至破坏自然必然会遭到大自然的报复。中国在现代化进程中，走出了一条不同于西方的道路，实现了人与自然和谐共生的现代化。

党的二十大报告指出："大自然是人类赖以生存发展的基本条件。尊重自然、顺应自然、保护自然，是全面建设社会主义现代化国家的内在要求。"①马克思说过，人靠自然界生活，指出了人类生活最基本的依存条件。也就是说人类不能脱离自然而单独生存，需要人与自然共生共存。在表现尊重自然、顺应自然、保护自然方面，生态文学具有自身的优势。它运用艺术化的手法，通过多种文体，生动灵活地表

---

① 习近平：《高举中国特色社会主义伟大旗帜，为全面建设社会主义现代化国家而团结奋斗——在中国共产党第二十次全国代表大会上的报告》，《人民日报》2022年10月26日。

现人类在生存和发展过程中与自然相处的经验教训，表达环保主题，借助文学的感染力来影响读者的观念和行为。

作者的思想观念在很大程度上影响着生态文学的主题表达。因此，判断作品是否属于生态文学，要从作者对待自然的态度入手，看作者能否平等地对待自然，能否正确地表达人与自然的健康和正常关系。那种仍简单地将自然视为供人类调遣、消费、娱乐的对象的观念早已过时，作品中自然与人处于疏离状态的文学也不是真正的生态文学。倮伍拉且的诗《我的思想与树木庄稼一同生长》、于坚的诗《南高原》、刘亮程的散文集《一个人的村庄》、迟子建的小说《候鸟的勇敢》、华海的诗集《红胸鸟》等都呈现出了人类倾听自然、融入自然，与自然和谐相处的真诚姿态，也表现出将自然视为人类精神家园的意识。在于坚的诗歌《南高原》中，我们看到诗人对自然的高度认同，看到了自然中孕育着的爱情与哲学："长满金子的土地啊/长满糖和盐巴的土地啊/长满神话和公主的土地啊/风一辈子都穿着绿色的筒裙/绣满水果白鹭蝴蝶和金黄的蜜蜂/月光下大地披着美丽的麂皮/南高原的爱情栖息在民歌中/年轻的哲学来自大自然深处/永恒之美在时间中涅槃。"可以说，生态文学正是要从对待自然的基本态度出发，倡导平等地对待自然、尊重自然、与自然融通融合，和自然建立起"相看两不厌"的和谐共生关系。

倡导绿色生活方式

党的二十大报告指出，要加快发展方式的绿色转型，倡导绿色消费，推动形成绿色低碳的生产方式和生活方式。绿色生活方式的建立，首先需要正确对待自然。这种生活方式强调节约、节俭，既需要群体的努力，也需要个体的自觉和坚持。在绿色生活方式形成过程中，生态文学作家要转变自身观念和习惯，创作出符合时代需求的优秀作品，充分发挥文学的引导作用。

在物质生产和物流体系高度发展的今天，一次性消费产品越来越多，网络购物为人们提供便利的同时，也会给人们带来困惑，攀比、炫富的心理以及日益高涨的消费欲望导致物品的重复、堆砌，造成不少浪费。人们为了生活的便利选择网络消费方式，却常常忽视了节俭和节约，真正能践行"够了就行"这一标准的生活方式还未成为风尚。过去，生态文学在批评、警告违反绿色生产方式的行为方面着力较多，如《伐木者，醒来！》《你砍最后一棵树》《哀滇池》等，但对如何在日常生活中形成绿色的生活方式，却呼唤与倡导得不够。这也许是因为作家往往将目光投向自然，却对自己熟悉的日常生活包括自己的生活习惯熟视无睹，缺乏反省。作家书写绿色生产方式，往往需要到生产一线观察和感受，但绿色生活方式却是每个人都可以体验到的。这恰恰是当代生态文学可以开拓的书写空间。在倡导绿色低碳的消费习惯和生活方式，启发读者从日常生活中寻找心灵的绿地、追求精神世界的淡然和谐等方面，生态文学大有可为。

　　建设资源节约型、环境友好型社会，倡导绿色消费，推动形成绿色低碳的生产方式和生活方式，促进人与自然和谐共生，反对无限度地消耗地球资源，应成为新的经济伦理原则。美丽中国建设需要人与自然和谐共生，新型城镇化和乡村振兴也离不开绿色生产方式和绿色生活方式的建立。我们不可能都像亨利·梭罗一样，到森林中自己动手砍树造房子，过简单的生活，他当时的做法不过是做一个示范，以唤起人们对过度消费的警惕，但我们需要在新的时代条件下，努力践行绿色生活方式。生态文学也需要对人们尊重自然、顺应自然、保护自然的行动和努力进行艺术化的呈现，以文学方式记录时代发展历程。可以说，倡导绿色消费，推动形成绿色低碳的生活方式，引导读者在大地上诗意地栖居，是生态文学应持守的价值取向。

促进人与自然和谐共生

　　党的二十大报告指出，我们不仅要提升生态系统的多样性、稳定性、持续性，还要积极稳妥地推进碳达峰碳中和，积极参与应对气候变化的全球治理。中国坚持绿色低碳，推动建设一个清洁美丽的世界。

地球只有一个，地球的资源是有限的。保护生态环境，节约使用资源，既是世界各国共同的责任，也是每个人类个体应尽的义务。推动绿色发展，促进人与自然和谐共生，需要从多个方面着手，生态文学也可在其中发挥独特的作用。

首先，生态文学要继续在描写生态系统多样性上下功夫。以往的生态文学在这一方面已有不少优秀作品，如姜戎的《狼图腾》、胡冬林的《野猪王》等动物小说，以及任林举的《玉米大地》、铁穆尔的《星光下的乌拉金》、雪漠的《大漠祭》等对东北平原、西北草原生态多样性的书写。如今，海洋生物的多样性已进入南方作家的视野，南方河流、山川的生物多样性得到鲜活呈现，濒危物种和外来物种侵害也成为作家关注的现象。生态文学的灵活多样，可以通过富有文学性和艺术性的描写，展现各地生态环境的壮美景观，启迪人们保护和提升生态系统多样性。

其次，生态文学要讲好中国保护自然、应对全球气候变化的故事，向世界展现可信、可爱、可敬的中国形象。十年来，我们坚持绿水青山就是金山银山的理念，大力推进生态文明建设，取得了显著成效。在这一过程中，既出台了很多有力的生态保护和治理措施，也涌现了大量令人感动的事迹。2021年，云南的大象北行及当地群众自发地保护它们的举动，吸引了全世界的目光。半个多世纪以来，塞罕坝林场人坚持植树造林，表现了中国人在防风防沙方面的艰苦努力。近年来，中国在长江实施十年禁渔，沿海地区进行休渔，西部地区的退耕还林持续推进。为保护生态环境，中国做出了大量努力，实施了一系列举措。这些举措中蕴藏着丰富的故事资源。书写好这方面的故事，是中国生态文学的重要任务，要展示出中国在保护自然、应对全球气候变化中的责任和担当。

最后，生态文学要建构自己的批评话语，更好地阐发相关作品的价值意蕴，在生态文明建设中发挥出应有的作用。中国的生态文学批评虽然起步晚，但发展迅速，形成了自身的特色。马克思主义经典作家关于自然和生态的论述，儒家的"天人合一""民胞物与"，道家的"道法自然""万物齐一"等观念，国外的生态学、生态美学研究成果，为当代中国的生态文学批评提供了丰富的理论资源。当代生态文学批评要紧密呼应时代需求，促进提高生态文学作品的精神高度、文化内涵和艺术价值，阐扬人与自然和谐共生的生态理念，推进美丽中国建设。

（此文原载《中国社会科学报》2022年11月21日）

"微"时代文艺批评活动的定位与正向建构

　　进入21世纪，互联网的发展使整个社会乃至人类的生活方式都发生了颠覆性的变化。过去的世界是圆的，这边看不到那边，东西方是区隔的；到了20世纪下半期，随着经济全球化的到来，世界逐渐变成了平的。而现在世界不仅是平的、通的，还逐渐在变成网络的、身边的，可参与、可体验的，因为互联网技术所创造的"虚拟世界"正成为每个人必须面对的"第四世界"。在互联网信息的内爆下，世界上的任何变化通过大量的及时的信息传递给每个人。人人成为信息的接受者，同时又是信息的生产者。人们不仅改变了部分物质生产方式，也改变了部分精神生产和精神生活方式，比如数字生产与数字阅读。"微"时代就在这种背景下像一只温柔的猫咪一样悄无声息地来到我们膝下，伸着懒腰，看着我们发呆、发狂。"微"时代的文艺批评活动也便随着我们的数字阅读（观看），信步走进文艺批评的文学版图里。

　　在一个人人都有麦克风的时代，"微"时代的文艺批评活动的主体大大扩张了，在一定程度上"人人都是批评家"要比"人人都是艺术家"来得更猛烈。网文中的段评、朋友圈的点赞、微博的跟帖、豆瓣网的批注、短视频的弹幕、微信公众号里的读后感、通过剪辑视频表明批评等等，都可以被视为"微话语"的批评。发言就是表态，发言就是"批评家"。过去我们将文艺批评看作是一种专业的或者职业的批评，如果秉持这种态度，在这些新的文艺批评形态中就"蒙圈"了。传统文艺理论家比如法国文艺理论家蒂博代，他在《六说文学批评》里就提到三大批评家类型①，但将"微批评"称为"自发批评""业余批评"，抑或"草根批评"，都不是太合适，因为职业批评家、大师级作家或者艺术家有时也会"潜水"在其中，时不时会"冒泡"，有的还开微博，发表评论。利用互联网发表批评意见的是一个庞大群体，其成分难以区分。鉴于此，有学者将"微"时代的批评主体命名为"微众"②，我认为倒是恰当的。"微众"主体消除了身份界限，也消除了专业与业余的界限，超越了过去"批评家或艺术家"的门槛，是媒介时代艺术生产的参与者

①法国文艺理论家蒂博代将文艺批评分为"自发的批评""职业的批评"和"大师的批评"三种类型，参见［法］蒂博代：《六说文学批评》，赵坚译，生活·读书·新知三联书店，2002，第44-144页。
②杨光：《"微众"的批评："微"时代文艺批评的新主体与形态》，《社会科学辑刊》2020年第6期。

（欣赏者、评论者、创作者）。

微众批评不仅主体庞大，活动形态与活动动机也多样、复杂。微众批评主体完全不同于传统纸媒的单向性主体，是一种"在线交互主体"[①]。在微圈里，微众批评就是一种"欣赏者即批评者，批评者即创作者"的在线交互主体活动，因为微圈里批评者之间可能有多次、多层的互动，从而不断产生新的意义。从严格意义上说，只做点赞动作很难说是批评，只能说是一种欣赏，就如古代小说评点中常见的"好""妙"一样，具体如何并没有展开，但因为表明了态度，从广义上说点赞也构成了批评（事实上微圈里点赞是被视为批评的）。欣赏就是一种态度，也就是一种批评，如果继续展开去发表意见与评论，又加之观点犀利、语言幽默活泼，就构成了一种文艺创作，更不用说欣赏者连续性地发表弹幕，或者通过剪辑来臧否作品了。剪辑是一种即兴的改编，是与原作的互动，但会像中国古典文论中的"选本批评"一样产生新的意义，如著名的《一个馒头引发的血案》。微批评常常是通过接收、反馈、回应等在线互动来产生意义的。

微众批评的活动形态在文体上的表现往往与纸媒有很

---

① 此处借用了单小曦的概念，他在《新媒介文艺生产论》中提出："新媒介文艺活动中的主体，即'创作者—欣赏者在线交互主体'。"见单小曦：《新媒介文艺生产论》，中国社会科学出版社，2020，第307页。

大差异，它零散、简短、即时、语言幽默且带讽刺性，有时还尖刻泼辣，甚至是颠覆性的，被人诟病的就是它的零碎化、随意性、非理性、娱乐化。微众批评的文体自然与传统意义上的专业批评，尤其是发表在刊物的长篇大论相距甚远，但从适应传媒时代和技术时代的发展看，这种文体恰恰也构成了一种革命，或者是一种"破体"。伊格尔顿说过："革命的艺术所改造的不只是艺术生产的内容，也包括它的形式。"①从印刷文化时代到电子媒介时代，为适应读者接受的需要，文艺批评也要根据媒介时间的分布改造自己的文体。当下，短评、微评，以及弹幕、跟帖、批注、视频剪辑与重组等就成为一种新的批评文体。在人机不离、媒介时间分成若干片段的当下，还有谁能花半个小时或者一个小时去读一篇一万字的文学评论呢？除非是学院派批评家与职业批评家。现在，连文学批评的专业刊物的微信公众号也要对长文做节选发表，以拉近与读者的距离，吸引更多的非专业人士来关注、批评。报纸上的文学批评专栏，也提倡2000字以内的短文，然后再通过公众号转发出去。为了拉近与读者的距离，批评家们开始主张文学批评也要"跨界写作""破体写作"，将学术文章、文学批评、散文随笔、演讲谈话、序跋书评等融会一体，将美文、个性、性情融合一处，进

---

① ［英］特里·伊格尔顿：《马克思主义与文学批评》，文宝译，人民文学出版社，1986，第72页。

行"破体写作"。吴俊在《小说评论》杂志主持"三栖专栏",并在报纸上提出:"破体已经成为现今常态,这或许就是广义的变局时代的一种文学反应体现。"①他在批评文章中还举出了李敬泽、孙郁、丁帆、南帆、张清华、何向阳、毛尖等人的"破体写作"例子。文体的破体化、简短化已经成为当今微众批评的趋势。

微众批评的活动动机也呈现多样与复杂,而不仅仅是为了批评。自娱、社交与刷存在感相融合是微众批评的首要动机。微众刷屏点赞、微博跟帖,很多时候并没有什么专门的动机,无非是随意之作,表明自己的态度,在微圈里表示"我在";有时候也借机"吐槽",由"兴"而抵达"怨",表示一下对某种文艺现象或者某部影片、某个演员、某个作家作品的不满。弹幕除有自娱的成分,也有刷存在感的目的,更成为年轻一代进行趣缘社交的方式。"在视频播放某一节点,观众讨论剧情、品评人物、聚焦细节,形成热烈讨论的氛围,营造出虚拟会客厅的效果。这种互动方式使弹幕不同于一般针对剧情和表演进行评价的文艺评论,而显示出参与式文化的特征。视频内容成为引发话题、触发感受、产生共鸣的媒介。观众借助对视频内容的参与式对话,或展示知识储备,或寻求文化认同,或营造相互陪伴的

---

① 吴俊:《"破体"和文体创新、文学无界——兼谈〈小说评论〉"三栖专栏"主持旨趣》,《文艺报》2022年3月28日,第3版。

氛围。可以说，弹幕是对过去客厅式集体观剧、闲聊式社交文化的虚拟化转换，是一种新型网络社交文化。"[1]微众批评的第二个动机是赚流量。在我们这个受注意力经济影响的时代，流量逻辑已经深入文化生产和传播的各个层面，尽管存在各种各样的负面影响，但不能否认它已成为一种数字经济发展的重要生产力和传播力。尤其在社交媒体为主导的当下媒介生态中，有流量才有关注度，也才有商业变现的可能。这就导致大量的内容生产者，尤其是以短视频剪辑为形式的文艺评论，其主要目的是赚流量。第三个动机就是商业性了，如豆瓣影评，就不仅仅是自娱与赚流量，而是有着商业推动性价值，更不要说有些抖音直播还夹带广告。评论家替作家、艺术家站台的传统由来已久，但在文化与商业的融合日益深化的当下，商业营销的方式日益隐秘，各种各样的文化产品尤其是以影视内容为代表，日益以貌似客观、中立的文艺批评的方式，通过购买流量的途径来制造围观假象。当然，不可否认，微众批评中也有超越这些动机的比较纯粹的文艺批评，而且它不是异数，而是常量，这也恰恰体现了微众批评活动动机的多样性。

由于微众批评主体的多元化与在线交互主体性、批评活动形态的破体化与简短化，以及活动动机的多样化，文艺批

---

[1]郑焕钊：《用好弹幕，优化内容》，《人民日报》2020年7月17日，第20版。

评的生态环境也由此发生了改变，呈现出一种从无序的"野蛮生长"到有序的"自我调控"的发展。"微"时代的文艺批评在这样的定位下，如何走向正向建构，获取它的价值与意义，回答这个问题我们应该处理好几个关系，由此"微"时代的文艺批评才能步入真正的"自我调控"。

一是处理好个人意见与公共空间的关系。"微"时代的文艺批评虽然是个人发表意见，有时是即兴的，并没有来得及做更多思考，但话语一旦出口，就并非私人话语，因为进入互联网空间，就等于进入了公共空间。在移动互联网终端，虽然审美趣味和价值取向高度个人化，但每个人的虚拟空间既是独立的又是共通的话语空间。随着互联网空间的实名化和营造清朗空间的治理，互联网空间的公共属性日益成为人们的共识。我们不能模糊网络语言的个人化表达与私人话语之间的界限，网络文艺批评尽管出自个人化的感受，可以个体化的表达方式来呈现，但却不能违背公共空间应有的道德、法律底线。实际上，那些具有影响力的微众批评，如"六神磊磊读金庸""周冲的影像声色"等，都是经过批评主体精心筛选、过滤、创造后的作品。跟帖批评，也并非兴之所至的涂鸦和吐槽，也要考虑它的效果，如果一味地强调个人意见，为"博位"而"出圈"，就有可能失范。靠怪论和谬论来赢得微众的叫好，一时可以，长久是令人讨厌的。互联网空间并非一张白纸，任人乱涂乱画，在微众的前理解和文化涵养下，每个人都得放低身段，遵守公共空间最基本的准则和底线，也就是遵守文艺批评的公共性。

二是要处理好专业批评与非专业批评的关系。应该说，微众批评大多是非专业的，对于即兴的、感想式的批评，要求它具有专业性也不现实，但是从接受者的角度看，许多人还是希望有专业性的批评或者带有专业性的批评存在。缺乏文本细读的批评，没有学理性基础的批评，难以满足接受者的阅读需要。就如老吃快餐会败坏口味一样，要欣赏文艺盛宴还是需要专业性批评来调节接受者的口味。这就是"自我调控"的来由。文艺批评已走向分众化时代，从吸引微众注意力来说，学院派批评家要向微众批评中的优秀文体、文笔学习，不要太学究化，要积极介入媒介分众化时代，走进微众，适应微众的文化与审美需要。而微众批评中的非专业批评，也要向专业化学习，因为文学中的"鲁奖""茅奖"评选，毕竟不是我们在微信圈里议论议论就成立的。当然，现在"鲁奖""茅奖"公示时也要征求微众的意见。有些非专业的批评术语虽然很贴近鲜活的文艺现象，如"狗血""神剧"一类，但毕竟属于口语式"酷评"，缺乏专业性的剖析，点到为止，在看起来"过瘾"的同时却留下了想象的空白。承认微批评存在的合理性与现实性，并不一定就排斥文艺批评的专业性。我曾经说过："只有专业化，批评才能走近艺术、推进艺术，正如我们通常看到的美术批评和音乐批评一样，那是很需要专业知识和专业话语才能够走进乐迷和懂行的美术爱好者心里去的。"①自然，在"微"时代里完全强调文艺批评的专业性会有些迂阔，而提倡专业性与非专业性的融合，才是"自我调控"的最好途径。单小曦在提倡构建新媒介文艺生产的合作式批评的同时，也强调要"实现新媒介文艺批评的新专业化"②，形成"内外综合"的模式，调和数字文化背景的粉丝批评家和学者批评家的身份，做到"粉丝学者化"和"学者粉丝化"③。

邵燕君长期耕耘网络文学的当下批评，她的学术团队不仅及时回应当下网络文学创作中的新趋势与新现象，而且每年编撰年度男频、女频网文选本，更是与各路网文"大神"形成充分的互动与对话，此外还编撰《破壁书》，打破网络"黑话"障碍，搭建不同文化圈层之间的交流桥梁。她以扎实的工作和对话的姿态，不仅获得行业的认同，也得到网民的欢迎，践行着一名"粉丝型学者"在"微时代"的职责。实际上，"豆瓣"上很多的影评或剧评作者也混合着"粉丝"与"学者"的双重角色。他们中有的是"潜伏"的资深

---

① 蒋述卓：《批评的专业化与批评的品格——兼论文学批评与学术机制的关系》，载《文化诗学批评论稿》，花城出版社，2021，第190页。

② 单小曦：《新媒介文艺生产论》，中国社会科学出版社，2020，第339页。

③ 单小曦：《新媒介文艺生产论》，中国社会科学出版社，2020，第333页。

影视人，有的是长期笔耕的网民。他们对相关文化类型的积累，所拥有的学识与判断，可能相比有的专业学者有过之而无不及。在短评中，他们一针见血、犀利泼辣；在长评中，他们将关于类型影视作品的深厚文化资本与个人体验感受深度融合，或令有类似感受者收获情感认同、击节叫好，或与"拍砖"回应者不断开展论辩对话，展示说服的力量。"豆瓣"以其独特的评论形态，以及来自微众的集体智慧，已然成为当下中国影视文化中最富活力的评论空间。不少专业学者在进行正儿八经的学术评论写作之前，还得偷偷跑去"豆瓣"评论区吸收观点、丰富感受。因此，粉丝批评家和学者批评家身份的调和与融合作为一种理想的前景展望，并非文艺的"乌托邦"，而是可以成为一种数字文化批评的"异托邦"的。

三是要处理好商业性与艺术性的关系。前面说到微众批评中存在商业性的动机，这往往与文艺批评的艺术性构成矛盾。这二者的矛盾靠什么来调节呢？靠技术。"大众文化是现代技术的产物"，它"以技术的手段反对技术来实现人性化"[①]，大众文化时代的艺术创造品所能提供的艺术水准也只能是"中等水平"[②]。为了避免文艺批评的商业化，就

---

① ［法］埃德加·莫兰：《时代精神》，陈一壮译，北京大学出版社，2011，第194页。
② 埃德加·莫兰在《时代精神》中说："大众文化在它的向往和它的目标中都是中等水平的。"见［法］埃德加·莫兰：《时代精神》，陈一壮译，北京大学出版社，2011，第49页。

要靠技术来调整。比如"豆瓣"就靠打分来强调"大众"及"平均"，它坚持了十几年，希望能一直中立地还原观影大众的平均看法，它的评价既不是官方的，也不是专家的，更不是学术研究。它靠两亿多的大众评审团来打分，靠数据来表达它的批评。这种做法我们曾经在《大众电影》"百花奖"的评奖机制中看到过，现在有了新的发展，"豆瓣"这种专业网站的文艺批评方式依靠技术实现了趣缘社群的"平均"，在打分的不断积累中形成一个大众共同认可的艺术性标准，基本上能保证电影批评的生产在"中等水平"之上，避免了文艺批评的过度商业化。这种做法对文艺批评的生产方式是会产生积极影响的，至少在客观性上它具有话语的数据基础。

在今天这样一个商业推崇"流量"逻辑，网络意见鱼龙混杂的背景下，我们倡导的是对技术的正向利用，发挥技术在公众文艺意见方面的"共识"建构机制，克服对技术的负向使用所带来的片面化和单一化。我们要警惕技术特别是算法被资本凌驾，这不仅需要国家法律、监管部门和商业平台构建多方协调的治理机制，更要进一步发挥微众批评"潜移默化"的价值引领作用，以构成对商业营销机制的平衡。研究算法文艺的学者就曾指出，"推荐算法包含了设计者的意志，算法的弊端，根本上是人类自身所致。因此，人类情感价值和人文主义关怀，在技术主义时代尤为关键。避免对算法的盲目推崇，通过人机协作，将人类智慧与人工智能有机结合，以健康丰富的信息流动，激发网络文艺的先进性、人民性，传递真善美、激发文艺能量，才是算法技术操作的正确方式"①。"学者粉丝化"的微众批评，正是其中一种重要的介入与平衡的力量。

四是要处理好纯粹娱乐、纯粹趣味与审美的关系。在新时代，人民对日益增长的美好生活的需要要求文艺生产更加富有情趣。趣缘社群在"微"时代的形态更为多样，旅行生活中的"马蜂窝""途家""爱彼迎"等，也靠一定的纯粹趣味吸引着微众，"抖音"的各种娱乐性更是呈现一种狂欢化的景象，有学者根据这种泛审美时代的情形将其定位为"欢乐诗学"，认为"大众文化的审美实质是一种以'欢乐'为核心理念、以新型技术为媒介拓展想象时空的自由体验"②。追求自由飞翔象征的微众，在日常生活中灌注娱乐和情趣，甚至来一点微审美，都是很自然的事。"开心麻花"就是号称"以为人民娱乐服务为宗旨，把智慧与快乐拧成舞台剧"，这也成为民营文艺机构运营的主要目的与手段。"微"时代的文艺批评应该坚持使娱乐消费生活变成有情趣的生活，进而达到与审美生活相融合的原则。在微众批

①赵丽瑾：《网络文艺的创作与传播别陷入"算法"出不来》，《光明日报》2020年12月24日，第15版。
②傅守祥：《欢乐诗学——泛审美时代的快感体验与文化嬗变》，浙江工商大学出版社，2016，第3页。

评时代，谈审美超越是奢侈的，谈审美融合却是实在的。"超越"在天上，"融合"则在地下，或许这样，文艺批评才能在日常生活审美化中发挥其思想和文化价值。

王一川曾经提出"艺术公赏力"的概念，我以为这一概念对当下微众批评的建构也有启示。理解微众批评与当下生活的关系，就需要认识到当下数字技术、互联网与社会经济生活深度融合的时代状况。一方面，随着文化创意产业、娱乐数字文化与传统文学艺术的融合日益加强，文艺与生活的联系呈现出愈来愈紧密的复杂情况。有研究者就将当下以数字文化为主导的网络文艺视为一个巨大的公共平台，认为传统文学艺术的叙事方式、修辞语法与意境营造的方法，被策略性地运用于日常生活的多重场景之中，以实现文艺的、文化的、生活的、经济的、政治的功能，使得不同艺术类型、艺术与生活、艺术与社会、艺术与商业、艺术与政治等在网络文艺平台中实现了多层次的连接。"网络文艺作为数字文化产业的最重要构成部分，在新旧媒介融合的过程中谋划布局产业发展空间，力图拓展受众增量，打破平台限制，走向更为广阔的文化消费群体。"[①]另一方面，由于算法推荐技术与媒介技术的代际与区域鸿沟，也带来审美文化的分裂，"文化的横向断裂与纵向断层也因技术媒介的发展而成为愈

---

① 郑焕钊：《从媒介融合到文化融合：网络文艺的发展路径》，《中国文艺评论》2020年第4期。

来愈严重的社会文化现象"①。"艺术公赏力"强调审美共识的公共形成，而非某个单一群体审美偏好的推广。这就意味着，打破固有的审美优越感与圈层趣味的区隔，力求促进不同兴趣社群与文化部落之间的审美交流与文化融合，共同塑造公众的文艺公赏力，成为建构"微"时代文艺批评审美融合功能的重要使命。

灌注进去，融合起来，微众批评正向建构的"自我调控"应该有这样一条阳光大道。

（此文原载《探索与争鸣》2022年第11期）

---

① 郑焕钊：《从媒介融合到文化融合：网络文艺的发展路径》，《中国文艺评论》2020年第4期。

粤港澳大湾区文学的文化底色与未来品质

    2019年2月18日，中共中央、国务院正式公布《粤港澳大湾区发展规划纲要》。7月6日，广东省作家协会、香港作家联会、澳门笔会代表三地的文学组织，在广州签署战略合作协议，成立了粤港澳大湾区文学联盟，拉开了合作建设粤港澳大湾区文学的帷幕。关于什么是"大湾区文学"，学者们还在探索、研究、争议，尽管说法不一，但大致相同的意见都认为必须是一种既承接岭南文化传统又具有新质的文学，是一种面向未来的文学。从承接传统来看，以1840年划界，有中国近代以前的岭南文化的远传统，又有近代以来直到现在将近180年间所形成的文化近传统，这两个传统与粤港澳三地同属岭南文化的文化底色密切相关，同时又为未来大湾区文学的发展打下了坚实的文化基础，影响着大湾区文学的发展路向和品质。本文从大湾区文学未来品质的三个方面：开放与创新创造性、流动与多元共生性、当代前沿与世界性，去探究它们与岭南文化底色的关系，坚定大湾区文学的文化自信，让大湾区文学在人文湾区的建设中发挥重要的作用。

一

从岭南文化远传统和近传统的衔接来看，它展现出一条清晰的线索，那就是从受容、包容再到创新创造的相互交织、相互推进的发展线。

总体来说，岭南文化在1840年以前，受容程度高许多，但在受容中也时有包容和创造。受容状态是一种被动的接受，正如岭南从汉、唐到宋、元，随着汉、魏晋南北朝、唐末、宋末几次大移民的进程，也随着被贬谪迁徙官员的南下，中原文化逐渐进入并影响岭南文化，岭南文化也融入中华文化之中，成为中华文化的一部分。但在受容的过程中，又呈现出主动状态的包容和创新创造。如慧能和陈白沙。慧能到黄梅求佛时，被人看不起，被视为岭南"獠人"，似乎还是没有进化好的另类。但他靠极其高的领悟力创造了震惊佛坛的偈语，在被人追杀后逃回岭南，创立了第一次佛教中国化的禅宗，成为开宗立派的新一代佛教祖师和中国思想界的革命大师。江门的陈白沙，熔儒道释于一炉，中和诸家，推崇"自信""贵疑""自得""觉悟"，主张以独立的主体意识，大胆怀疑，独立思考，创造了与传统理学相区别的独具岭南特色的"江门学派"，其重"心"重"自得"的理论与方法比阳明心学还要早。

从明朝开始，岭南地区的受容状态逐渐向主动包容方向发生着变化。尤其是随着西学东渐的展开，如以罗坚、利玛窦为代表的西方传教士等从西方来到澳门、广州、肇庆、韶州等地传教，以及广州作为清朝唯一开放通商的口岸的繁华，岭南地区变得更为开放和包容，树立起一种不怕"异端邪说"，以开阔的胸襟、宽容的态度接纳外来思想、择善而从、为我所用的文化姿态。岭南地区逐渐形成了一种开放与融通互为表里的文化心理和文化性格。

到了近代，随着中西文化的相互激荡，在反抗帝国主义侵略和追求西方进步思想的双重变奏中，岭南思想界发生巨大变化。近代岭南文化的整体精神风貌就是在主动接受西方思想中建立起经世致用、爱国救亡的启蒙之学，在追求个体自由和群体觉醒的过程中实现中国的改变与崛起。林则徐在岭南虽然只住了两年，但他组织人员编纂中外文书刊以了解西洋的事情，广求"夷务"新知，他所编译的《四洲志》成为魏源《海国图志》的基础。他还带头冲破禁区，在实际操作上仿制洋船洋炮，开启了"开眼看世界"潮流。魏源的《海国图志》在林则徐《四洲志》的基础上扩充而成，使该书成为进一步打开世界视野的标志。他提出的"师夷之长技以制夷"的思想进一步推进了在全方位上（从军事、器物到西方政制）向西方学习的理念，这成为其后的洋务运动的指导思想，也成为维新变法和辛亥革命的先声。香山人郑观应的《盛世危言》借阐述西方制度和思想，提出要张扬国威、抵御外侮，起到警世鸣钟的作用。康有为在西方思想的启发下，融中西各国文化精华，托古改制，提出了"大同"说，其思想自称来自中西文化的一切优秀方面，幻想在继承中西优秀文化传统的基础上超越一切既有的文化，创造先进的新文明，这成为其维新变革思想的源头。梁启超在对新文化的追求中，提出要更新与重塑传统文化，改造民性，铸造新国民，从开民智、兴民权、育民德入手，倡导"合群"和追求自由，建立一种新的世界秩序观，开启了从个体与国家的关系切入，力图建立一个崭新的民族共同体的新思潮。这种"新民说"一直影响到五四运动之后的思想界。孙中山决心学习西方改变中国并击败西方的侵略，从不亡国灭种的动机提出革命，矢志推翻满清帝制。他自称："余之谋取中国革命，其所持主义，有固袭我国固有之思想者，有规抚欧洲之学说事迹者，有吾所独见而创获者。"[1]开放的视野使他融通中西文化而提出具有颠覆性和创造性的革命思想。"开放不仅是岭南人的精神，也是岭南人的实践模式和生活方式，

---

[1]孙中山：《孙中山全集》第七卷，中华书局，1985，第60页。

是精神和实践相结合的一种价值取向。"①开放使得岭南人有兼容并蓄的胸怀，也为求新求变以及创新创造提供了社会文化心理的基础。近代岭南文化逐渐由地域文化成为引导中国文化路向的主导文化，具有强大的辐射作用。

研究岭南文化的多项成果都提到，岭南文化之所以会形成这样的开放、融通并继而实现创新创造的文化特点，一是与岭南的地理状况相关，因为两面濒海，形成了内靠大陆外向海洋的地理环境，故自汉以来就有了"海上丝绸之路"的发端。外贸业在唐宋时期就很发达，到清时作为对外唯一口岸更使岭南成为中国对外的窗口，加之还有重商的传统，共同促进了岭南地区开放意识的形成。二是近代以来东西方思想的碰撞，民族矛盾、阶级矛盾空前尖锐，社会形态的剧烈动荡促使了从被动开放向主动接纳的转变，形成了兼收并蓄的博大气魄和开阔胸襟。三是岭南地区从来就有向外拓展的移民传统，"过番"谋生者历来就存在，到晚清时除南洋有数十万人之外，新老金山客也达三十万人，形成了遍及南洋和欧洲、美洲的华侨华工，更何况还有主动派幼童出国留学的行动。中国留学生之父容闳就在香山，晚清幼童赴美，广东籍占大多数。广东人主动留洋再将西洋知识带回中国，在中国实现创新创造的例子，在20世纪上半叶的中国也有

①李权时、李明华、韩强：《岭南文化》，广东人民出版社，2010，第64页。

突出的表现。如孙中山、张竞生、李金发、冼星海、林风眠等等。

粤港澳大湾区文学有这样的文化做底色，未来品质也必然具备开放与创新创造性。我在论人文湾区建设时曾经这样说道："粤港澳大湾区是中国开放程度最高、经济活力最强的区域之一，其目标是要创造国际一流湾区和世界级城市群，一个内地与港澳深度合作示范区、宜居宜业宜游的优质生活圈。那么人文湾区的建设就要有与大湾区整体目标相匹配的标杆，即打造一个文化创造力兴盛活跃、文化产业体系完善、文化交流的国际化水平极高、文化消费动力充足的优质文化生活圈。"[①]从黄遵宪、梁启超提出"诗界革命""小说界革命"以来，岭南文学就是开中国文学风气之先的文学，"我佛山人"吴趼人在梁启超主编的《新小说》上开始小说创作，先后写出《痛史》《二十年目睹之怪现状》等轰动文坛的小说，成为晚清"谴责小说"巨匠。20世纪60到90年代，香港出现了以金庸为代表的武侠小说，崑南、刘以鬯、李碧华等带有先锋性的小说，西西为代表的"城市小说"，梁凤仪的"财经小说"，倪匡的"科幻小说"，黄易的"玄幻小说"，亦舒的"言情小说"等，广州则有章以武、张欣、张梅等的"城市文学"以及深圳、东

---

① 蒋述卓：《人文湾区建设，扬帆正是好时节》，《南方日报》2021年11月14日。

莞、佛山兴起的"打工文学"。新世纪以来广东的网络文学在全国领先一步,许多著名的网络作家如当年明月、南派三叔、天下霸唱、慕容雪村、李可等都是由广东起步,尔后闻名全国的。最引人注目的就是广东阳江人林庭锋和台湾籍人士罗森在2001年11月就筹办起点中文网,2002年6月试水,2003年就实行VIP制度,11月开始在线收费阅读,2004年就是中国网络文学第一大网站,成为中国网络文学最重要的孵化器。"网文出海"也是他们创造的,开拓了网文海外传播的"起点模式"。广东最早创办《网络文学评论》杂志,最早将政府文艺奖"鲁迅文艺奖"颁发给网络小说,广东省网络作家协会也是中国最早成立的网络文学作家分会之一。现在,香港的网络文学也盛行起来,薛可正、张晨、"岭南痴线佬"碎星团等的创作也极有香港的独特韵味和市井气息,更为重要的是带有科技创新发展的色彩,是黄易、倪匡、亦舒等人传统的传承与发扬。上述文学发展之种种,与岭南文化的底色密不可分,而在未来大湾区文学的发展中,有大湾区的良好文化环境和多年来文学打下的基础,这种开放创造品质必定会得到进一步彰显。

二

岭南文化又是一种流动的文化，人员的南来北往以及与外国人的贸易往来和文化交流，让岭南文化具备多元共生的品质，这也是影响未来大湾区文学发展的重要因素。

岭南先民可以追溯到13万年前的"马坝人"，"商与西周时代，居住在这里的古越族先民与商王朝有直接间接的交往和贡物关系"①。秦始皇三十三年（公元前214年）秦统一岭南，设置南海郡，今广东大部分地区属南海郡，郡治番禺（今广州市）。南部一带属象郡，西部一部分属桂林郡。岭南从此直接归属中央王朝。秦始皇时期，曾迁内地50万人戍防五岭，与越人共处杂居。又批准赵佗将15000名无夫家的妇女送到军中与秦军婚配，繁衍后代。汉以后，中原人避乱移居岭南，与当地人杂居通婚，岭南逐渐成为移民之地。唐时，在岭南经商而流寓岭南的外国人也与汉族通婚。据载，公元878年10月，黄巢的兵攻入广州城，寄居在城中经商的国外经商者被杀的达12万之众。当时广州城人口也就50万左右，外国商人及其寓居者几乎占四分之一。宋灭之后，南宋遗民大量滞留岭南。清初入粤的八旗防军及其眷属（其中部

---

① 方志钦、蒋祖缘主编《广东通史》（古代上册），广东高等教育出版社，1996，第9页。

分也是汉人），构成了岭南居民"混杂"的复杂状态。进入改革开放时期，广东人口骤增，其中以珠三角增长最快，来广东务工经商的流动人口超过3000万。广州、深圳、东莞、珠海、中山、江门、惠州等市，全国各地到此工作和经商者众多。深圳就更是一个移民城市，90%居民为外来移民，仅湖南籍常住人口就达350万，湖北籍常住人口达250万。蛇口一地，长期生活与工作的外国人达1.5万人，成分涉100多个国家。为了推动广东科技与经济社会的发展，广州自1998年以来就创办中国留学人员广州科技交流会（简称"留交会"），至今已成功举办15届，有约3万名海外人才携1.5万个科技项目参会，有的在广东落地创业。华大基因就是其中最为显著的标志企业。广东同时又是一个向海外移民的省份，有3000万华侨华人，占全国华侨华人总数的三分之二。

澳门一直就是岭南的一部分。1535年葡萄牙人取得在澳门停靠船舶和进行贸易的权利，1557年上岸定居，也有葡萄牙人娶当地人为妻的状况出现，土生葡人由此产生。澳门的多元文化色彩明显，目前长居澳门的华侨占其总人口的12%，来自东南亚、南美洲、北美洲、欧洲等地的55个国家。香港在汉代时属于南海郡，岭南人居住最多。抗日战争期间，内地人避乱香港，再后来从内地移民香港的人逐渐增多，其中以沿海省份的上海、江苏、福建、广东人移民最多。后来菲律宾人、印度尼西亚人、印度人、英国人亦在香港居住或工作。同时，内地留学生回国后，作为引进人才在香港工作的人数也非常可观。

总之，岭南文化是一种流动多元的文化，既呈现出与中原文化相互交融的特点，又有中西文化相互交流交融的色彩。岭南文化在文学中的表现也带有这种流动与多元共生性。

比如岭南文学风格，一般都认为岭南文学平和温婉，清淡明丽，轻快平易，但在特定时刻岭南文学又呈现出雄直之气。像明清之际的岭南文学，文学家处于易代的转折时刻，又广泛游历中原与江南大地，吸收中原的厚重、江南的灵动、秦晋的坚实、湘鄂的刚烈，熔铸出岭南的雄奇雅正之风，这正是在流动中出现的文学风貌。洪亮吉高度评价岭南诗派，称"尚得昔贤雄直气，岭南犹似胜江南"[1]。书画艺术中也有这种现象，"靖江后人"石涛，为明代遗民，后期的画风也转向沉雄质实，不拘成法，豪放淋漓，饱含着他胸中的郁勃之气。黄遵宪的诗歌中充满坚贞、雄直之气，如他歌颂梅州客家先民参加宋末的厓山之战的诗："男执干戈女甲裳，八千子弟走勤王。厓山舟覆沙虫尽，重戴天来再破荒。"[2]与此相似的还有客家诗人丘逢甲，他不仅是誓死保

<hr>

[1] 洪亮吉：《道中无事偶作论诗截句二十首》之五，载《洪亮吉集》第3册，刘德权校点，中华书局，2001，第1244页。

[2] 黄遵宪：《己亥杂诗》其二十五，载《黄遵宪集》上册，吴振清、徐勇、王家祥编校整理，天津人民出版社，2003，第240页。

卫台湾的将领，而且是甲午战争后痛哭失去台湾的第一诗人，其诗《离台诗》《春愁》《往事》等沉雄顿挫，苍凉悲壮，骨气充盈，雄气完足。广东现当代文学中，欧阳山来自湖北，在广州写出了颇有岭南风味的《三家巷》等作品。改革开放之后，移民作家带来了各地的文学感悟和表达特点，结合广东的实际写出了风格多样的作品，形成了多姿多彩的文学局面。杨黎光、陈启文等的报告文学，杨克、卢卫平、郑小琼等的诗，章以武、张欣、南翔、邓一光等的小说，放眼看去，从外省移民来广东的作家很是耀眼夺目，他们与广东本土作家一道共同构建起了广东文学的殿堂。港澳文学也是如此，既承接岭南文化传统，又广纳海内外作家与文学。年轻一代的南来作家如葛亮、周洁茹等创作成绩可观。香港作家联会还牵头搭建起了"世界华文文学联盟"的平台，《香港文学》杂志经常开辟海外华文文学专辑。"海外华文文学带来了世界各地文化，使得香港文学的文化混合更加繁复，显示出独特的文化交错形态，有着不可替代的重要价值。"①澳门将土生葡人的文学纳入自己的范围，一座小城却容纳着五洲的文化。多元共生的局面在大湾区之内已经显山露水。

当然，近代以来，尤其是百年以来，粤港澳三地在政

----

①赵稀方：《回归后的香港文学——以〈香港文学〉说开去》，《文艺报》2022年6月29日，第3版。

治制度、经济发展、社会治理、文化教育等方面差异明显，回归之后，"一国两制"政策也保证了港澳文化相对的独立性，如何在构建经济共同体的同时构建文化的共同体，在多元化的前提下构建共生的文化生态，还得回到岭南文化的底色上。因为三地的文化根基没变，语言、生活习惯、文化习俗有共同性，在未来的文化交流与合作中可以寻找到最大公约数。经济、人才可以跨区流动，文化也可以跨区合作共建。在流动中保护多元，也可以在流动中建构共生和谐的文化生态。

三

至于当代前沿与世界性，虽然更多的是面向未来提出的，但依然有着岭南文化的底色做基础。

近代以来，"广东成为中国近代社会革命的策源地和新文化的生长点"，岭南"以鲜明的世界性、民族性、先进性和岭南特质引领中国近代以来的文明进步"[①]。孙中山领导的推翻封建帝制的革命就是顺应世界潮流，站在文明进步的前沿。黄遵宪、梁启超对文学的振臂高呼成为后来"五四"新文化运动的先声，是思想与文学进步上的先锋。张竞生敢于冲破传统，介绍西方的性学，被称为"中国性学第一

①田丰：《岭南人文精神与人文湾区》，《学术研究》2022年第2期。

人"，具有与世界齐步走的眼光。由高剑父、黎雄才、关山月、赵少昂等为代表的"岭南画派"，将西方美术与中国写意画相结合，以西方技法表达中国美学意境，掀起了一场艺术革命。李铁夫成为中国油画的先行者，李金发成为现代中国"意象派"诗歌的最早实践者。电影界内，有蔡楚生、郑君里、黎民伟、蝴蝶、阮玲玉等，无疑都是中国现代电影的弄潮儿。音乐界则有萧友梅、冼星海、马思聪。其中冼星海出生在澳门，以后到法国接受西方音乐教育，他熟练地运用西方音乐技法，与中国传统音乐和民间音乐相结合，创造了不少优秀的音乐作品。他的《第一交响曲》是中国第一部交响曲，其中的第一乐章中副部主题采用了从小熟悉的珠江渔民号子《疍民歌》。在延安，他用一个星期的时间就创作出《黄河大合唱》，引领了中国音乐的时尚，其中除了陕北等西北地方音乐元素外，还用了广东音乐元素《顶硬上》。他用西方音乐艺术形式如歌剧、交响曲、艺术歌曲等来表达中国感情、中国故事，成为引领时代的举旗手。他的音乐，既是民族的，又是前沿的、时尚的、世界性的。

在大湾区文学进行时中，有了新的更为宏阔的视野。过去的岭南视角是以山为分界作为地理划分的，"不仅隐藏着陆地的视角，而且与中心相对的某种'偏远'也从中一览无余。但现在这个'大湾区'所蕴含的地理视角无疑是指向海洋的"①。大湾区文学对新城市文学、新工人文学、海洋文学、泛科幻写作、新南方写作等的探讨，在艺术内容与形式上必将有新的实验与开拓。

关于"新城市文学"，邓一光、张欣、鲍十、南翔、杨黎光、吴君等有了对城市题材的新探索。吴君的《皇后大道》《万福》是深圳与香港"双城"的双重变奏，《晒米人家》是向特区生活深度的开掘。王十月、郑小琼等开始写作他们对城市的碰撞体验。新生代作家王威廉、陈崇正、蔡东等探索城市人的内心思辨。葛亮将写作视角从江南转向大湾区，新作《燕食记》触角细腻，通过大湾区共享而特有的饮食文化深探大湾区文化底蕴和未来的一体化途径。周洁茹用港漂的眼光透视暂时还不属于她的"我城"，唐睿则在移民与香港的融入中写出香港青年成长的心路历程。"新城市文学"必然要具备现代意识，是在面向世界、面向现代化的视野下来观察与书写城市。作家必然会站在现代性的时间与空间下去体验城市的生命律动。海湾城市、社区、工业园区、湿地公园、电子屏幕、楼宇、地铁与城轨、网约车、快递物流、养老院、购物商场、健身、跑酷、电竞、短视频等都将在现代性的时间内得以展现。城市作为21世纪人类的命运共同体，活色生香，复杂、裂变、快速度、多向度的城市景观

---

① 王威廉、陈培浩：《地理空间及其文明活力的精神烙印——在大湾区思考一种文学地理学》，《粤海风》2021年第1期。

令人炫目，充满刺激，富有极大的写作扩展空间。大湾区城市一体化的进程中必定会使"新城市文学"具备新质，必将在大湾区城市中构建起崭新的文化认同。

海洋文学也将进一步得到开发与拓展。海湾文化、沙滩文化、岛屿文化、台风、红树林、滩涂、海水养殖、出海捕捞等，将给人带来新的生命体验。大海广阔、美丽而神秘，充满挑战，正如大湾区诗人黄礼孩写到过的大海："潮汐的金属圈，如文字般在或蓝或白的海面扩展，既有荒年的歌唱，又存在无法解密的视像。"目前，海洋文学正在广东作家的笔下出现井喷现象，陈继明的《平安批》、林棹的《潮汐图》、厚圃的《拖神》等长篇小说透露出了蓬勃生机。

"新工人文学"与科幻文学、科技文学紧密相连，量子科技、大数据、人工智能、无人机、云计算、数字经济、媒介革命等，会促进各种跨界的写作。顺德和东莞都是以制造业闻名的城市，"新工业文学"与"新工人文学"交织在一道，开启了大湾区文学工业书写的新空间。最近顺德作家魏强的长篇小说《大风来仪》正是以顺德的家电与厨卫行业的创业与竞争为描写对象，展开对制造业在技术创新和管理理念创新上的书写。工业所带来的新空间以及创业之人不断迎接新挑战的心理抗压力的描写，都是以往文学中所不具备的。如小说中写模具厂车间的设备，有美国穆尔坐标磨床、日本瓦西诺光学曲线磨床、冈本高精度精密平面磨床、大偎五轴龙门加工中心，瑞士阿奇全自动数控慢走丝火花机和西班牙立式铣床等，给人一种震撼之感。而走进加工车间，每台机床都配备了专用的工具箱，柜子每层放置的物品名称、数量都有图片与文字标明。最上层的刀具架，每把刀的刀刃都戴上了防护套。看不到凌乱的电源和网络线，几台上的各种管理文件、工艺卡、排产计划单等都整齐地摆放在文件筐里。小说中还通过人物的汇报和对谈，将各种企业管理的术语镶嵌在其中，如"海因里希法则""PDCA循环"等等。对工艺流程，作者也有精到的介绍，如钣金的头道工序开料、喷涂的标准等等。

此外，金融文学、商业文学在香港财经小说和广东《商界》所刊发小说的基础上，也有了新的尝试。网络文学是大湾区作家的强项，汇通科幻、科技、军事文学，在大湾区的新时代里必将得到更为强劲的发展。

虽然"新南方写作"的讨论尚没有进入与实践相适配的阶段，但理论先行却能开启作家的写作阀门，更何况大湾区内有的作家已经在觉醒和反思中有意识地进行"新南方写作"的探索，力图创造出大湾区及南方文学的新特点、新风格。

粤港澳大湾区的崛起代表着中华民族伟大复兴的重要实践，顺应着世界文明的发展潮流，它必然也是充满活力的世界文化高地。只要立足大湾区的火热生活，写出大湾区人民为实现未来图景的合作奋斗，未来大湾区文学就必定是当代前沿与世界性的。

面向未来，粤港澳大湾区的故事必定是世界历史上人类的最好喜剧，我们不必犹疑，而应在创新创造中捧出文学的灿烂明珠。

（此文原载《名作欣赏》2022年第11期）

南方意象、"倾偈"与生命之极的抵达

——评林白的《北流》兼论新南方写作

南方的11月，天气依然炎热，读完林白的长篇小说《北流》我长长地透了一口气，舒缓了一下筋骨，仿佛踏入了南方一块既熟悉又陌生的土地，在那里兜兜转转，流连忘返。我虽是广西人，母语是桂柳话兼湖南话的交杂，北流我没有去过，粤语是近些年来才逐渐学习一点，但这毫不妨碍我随着林白的笔触在纸上行走，随着她所创造的庞大记忆和硕大的南方意象步入北流，与那里的山川风物结识，与那里的人群情感相通，呼吸与共，生命同舞。

一

作者借一位"作家"李跃豆的返乡，串联起了一系列的人物和诸多的回忆，上至祖辈的传说，下至当下的微信、抖音及聊天记录——"倾偈"等都收罗在内。

小说一开头以一篇长诗《植物志》为序，拉开了整部小说的意象书写，那一大堆的南方植物意象劈头盖脸汹涌而来，将我们塞进了南方丘陵地带的植物世界，无穷无尽的植物万象澎湃，熟悉的不熟悉的尽在眼前。小说叙述者李跃豆去香港参加国际文学会议，依然会关注那里的植物，以及由一幅亨利·卢梭的画作《梦》而表达出"你永远喜欢汹涌澎湃的植物和它们的无穷无尽"的审美习惯，这既是作品中李跃豆的天性爱好，其实也是作者林白在小说中所要阐述、表达的生命意象，并以此为切口进入她所创造的文学世界——北流之中。

作者写植物只是引子，正文的注和疏乃至笺才是她要书写的北流故事，她以地域意象、植物意象与回忆、讲述、倾偈（聊天）记录交错进行的方式创造出一个个鲜活的极具个性的人物。或许很多人从林白的这部小说中看不出有什么主题，甚至找不到过去那种所谓一以贯之的主线，她正是在反抗主题和消解主题中完成了她的美学构建。有一位作家从自己的创作体会中说过："小说恰恰是在反抗主题的过程当中完成了主题的书写。反抗即深化。没有对主题的反抗，便是机械图解主题，只会造成平庸的小说。小说的思想，充分体现在小说家对主题的卓越变奏当中。"①林白正是这样

①王威廉：《小说的主题变奏》，《文艺报》2021年11月10日。

做的。她在李跃豆的"作家返乡"中展开对北流圭宁的三十几个人物的描写，并通过他们拉出若干长长的如麻线般的旧事，又通过作家在香港、滇中等地的经历，以及火车笔记，牵出各种回忆。在多声部的主题变奏中，她笔下的人物一个个活灵活现。故事昏昏浩浩，漫无边际，随着南方粤语的渐渐涌现和铺张，最终指向一个鲜明的主题：人类的生命就如世间的万物，随处而生，顺势而长，蓬蓬勃勃，生机无限。

林白的写作让我想起维·苏·奈保尔的《抵达之谜》。她的这本小说看起来也有奈保尔的影子，且不说它也可以归于那种"半自传体"的小说一类，仅就"作家返乡"牵出各种回忆来看，也有奈保尔的影响所在。奈保尔在《抵达之谜》中的混杂记忆，使他难以分辨回忆中的时间，他觉得"大千世界沧海桑田，人生就如同一系列的怪圈，有时还环环相套。但是哲学对我而言目前已经失去作用。土地不只是土地自身，它吸收了我们呼出的气息，触及了我们的感情和记忆"[①]。林白的《北流》也正是在混杂的记忆和回到故乡土地上对现实状况的叙述中，展示了圭宁的各色人物和风土人情。他们与作品中的"李跃豆"相互交织，环环相套。有的是少时深交的朋友，但后来也会因偶然的原因长久不联系，如泽红、泽鲜；有的则是偶尔的交集，不过是生命中的一位过客，如韩北方；有的是自己的亲人或亲戚，有着千丝

---

① 奈保尔：《抵达之谜》，浙江文艺出版社，2004，第361页。

万缕的联系，但又难以掏心倾诉。这各色人物及他们的生活像一条大河，生生不息地流动着，最终抵达他的生命之极——人生一次，世道轮回，每个人都有自己生命的乐章，每个人都有自己生命的精彩。

因此，《北流》中的人物，一个个都是具有极强的生活能力，包孕旺盛的生命力，但又能在大环境大历史中顺势而为，顺其自然，安之若素：

跃豆母亲梁远照是一个医生，青年与中年两段时间嫁过两个丈夫。一个出身不好，历史有污点，在"运动"中早逝。另一个是海军退役军人，但说没就没了。但她总能顺应形势，审时度势，时时追随时代脚步往前走，一切似乎都是那样顺其自然，但分明又暗含着一种对命运的反抗。关于外公和父亲的历史又总能对女儿秘而不宣。她取得过主治医师的职称，当到县妇幼保健院的副院长，加入了致公党，成为县级市的政协委员，似乎是有头面的人物。为了给孩子起屋，她竟然在退休之后的65岁只身闯荡广东，到私人诊所当了坐堂医师。在女儿眼里，"她有气概、犀利、威势"，最喜欢讲的词就是"主宰"，80岁了仍心气不败。

跃豆的弟弟米豆则一点不像他妈妈，他换过好几个工作，但都不是什么好的工作，在国有企业解散之后甚至还去做过保安，最后他两夫妇在没有假期没有休息的日子里照顾瘫痪的叔叔，安静度日，从无怨言，连自己休息的权利还靠跃豆为他去呼吁。就连跃豆的舅母德兰，一个从印尼归来的华侨，"文革"期间从江西来到圭宁，也能忍受那里粗陋的厕所和冲凉房。

跃豆的邻居及同学泽鲜和其姐姐泽红则是对生活与爱情大胆选择，而又在生活的磨难中走向平静的典型。泽红放弃了全广西最好的医院的骨科护士一职，放弃了南宁户口，与比她大19岁的还没有离婚的"那个"（男人）私奔了。"那个"去世后她靠到处打零工养活自己和儿子。返乡后有不少男人喜欢她，但她心淡淡的，平静如水。在跃豆眼里，泽红"永远淡定，周时都是端然"。泽鲜也为了爱情放弃了自己的艺术追求和小学老师的职位，跟随着考艺校不成功却一身穷酸艺术家气质的丈夫回到桂林漓江的乡下，后又一起流浪到滇中，在那里过着隐士般的生活。她的丈夫被孩子们称为"老仙"，而她也是对一切都安之若素，诚心向佛，坦然地面对生活中的一切。连他们的孩子们也是一副与世无争的做派。

跃豆表哥"小五"罗世饶是一个生活的冲浪者。小时候他是一个成天攀着树枝游荡闲逛的野孩子，高中毕业时他成为高才生，却连插队也没地方要，要将户口转回原籍，但原籍也不接受。在革命大串联的时候，他到处漂泊流浪。他去过四川投靠亲戚，到贵阳马场去找同学，想找一份散工做做，冬天里又奔赴海南岛，在那里尽享了性爱的欢娱。他还去过新疆，在伊宁的特克斯县做过打猎和采药的工作。1976

年他回到圭宁，帮助村里教高考复习班，在文件宽松的条件下他通过考试成了国家干部，还带薪考上师范大学的数学系，进了财贸系统当上了批发部副主任。他与高中同学程满晴谈过恋爱，藕断丝连而终于没能圆满，最后与一个食品站卖肉的姑娘结婚了，直到退休。更使跃豆惊讶的是，他竟然告诉她，他除了程满晴之外，一共交往过21个女性，其中有12个同他有过关系。

《北流》中的这些人物，正像林白小说《万物花开》中的那些人物一样，在大地野蛮生长着，蓬勃旺盛。也像她诗歌里所写的那些植物一样，葳蕤而有棱角，独具个性，"不仅是对生态及宇宙时间的想象，也是个体生命、灵魂与自然的相吸呼应；不仅反映了独特的地理风貌与历史传统，也融会了特殊的文化心理。可以说植物在林白诗歌中担当了四季轮回、空间转换、生命精神的传递和隐喻，最终成为她创作中颇具识别性的个人图腾"①。小说开始她之所以要以长诗《植物志》为引子，正是将它们视为一种生命精神的隐喻。此时的植物世界有了丰富的意义指向，成了南方的符号和表征，包含着她对北流的人与土地的情感和价值认同。圭宁人的一切生活都贴近他们的出身与环境，与他们所处的那个时代骨肉相连，要将他们与时代环境相包裹的内核掰开来看都

---

① 刘铁群、刘娇：《论林白诗歌中的植物意象》，《南方文坛》2021年第6期。

是一幅血肉模糊的画面。他们中的大多数一生都波浪起伏，但每一次人生拐弯和选择时却是那样现实，带有南方人浓厚的务实气息与色彩。正是通过他们命运的挖掘、回忆、自叙和他叙，林白直抵人性的根底和人的生命终极。

二

自然，《北流》的故事并非完全是由植物引起的，植物只是林白所构建的南方意象的一部分，但实际上，一切的南方意象都是由那带有浓厚地方色彩的"粤语"勾起的，每节开头的《李跃豆词典》正是展开各种回忆和记叙的媒介。词典中的语言未必都要与各章中的语言相对应，正是在庞大词汇的乡音唤醒中，李跃豆渐渐地步入她那魔幻而又真实的"北流世界"。语言是生命还乡的道路，沿着自己熟悉的语言就能找到自己的文化之根，这一点在美国黑人作家亚历克斯·哈利的小说《根》中曾有精彩的描写。李跃豆返乡六日半是粤语的复苏，也是朋友与亲戚等的再现（如婆姨、同学、文友），是各种物品唤起的记忆（如衣柜引起对往时男朋友的回忆），也是一些带有丰富内涵的地标性建筑的重现（如图书馆、戏台、防疫站、县体育场、沉鸡碑等）。

正文的"注"是作家返乡回到圭宁话的语境中勾起的长长的回忆，在香港的"疏"也是因为粤语的刺激促成了故事的拓展，寻找舅舅梁远章不过是顺带的事情。正如林白在小说里说到跃豆，"她在香港没有找到舅舅，却仿佛找到了母语"。"火车笔记"和"滇中"同样是"疏"，是由"注"（即返乡）引起的故事和人物的向外延伸。"摇晃着的火车引领我向过去的深渊滑翔"，引出对昔日与自身有关联的人物与事件的回忆。

当然，这一切回忆又都是围绕着植物和粤语的"倾偈"，呈现出交织而混杂的状态。植物与语言同时唤醒跃豆的南方意象。你可以说作者的叙述是意识流的，她常常用跳跃思维拉开旧时的场景，如跃豆在香港看见红豆树、鸡蛋花树、凤凰木、榕树、羊蹄甲，让她想起了圭宁县体育场的尤加利树，想起在县礼堂看电影的喜悦和温柔；在赴滇中的火车上望见番石榴，就想起了与汪策宁在南宁西园见过番石榴和杨桃之后的奇葩场面。这些流动式的联想实际上是跃豆自己与自己内心的倾偈。由知青办公室、半明半暗中的日记引出插队生涯，以及穿插其间的打鸡血针和胎盘汤，那时还丢失了被人认为是她"伙计"的韩北方，了解了从未被驯化的知青潘小银，都是记忆的再度打捞，是内心的自我倾偈。内心被触动，思维如大河。正如她在滇中的河边，想起少年时的紫花衣裳，前年洗时被水冲走了，隔年又被人捡回来了。"不可思议的事情落到头上，犹如一根大棒砸中后脑勺"。她在河的岸边望过去，鸡蛋花、凤凰木、羊蹄甲、芭蕉木和萝卜地都在那里，"原来，北流河跟着她，一直流到丽江，又从丽江流到了滇中"。其实，又何止是滇中呢？读到小说结尾，我们明白，跃豆（也代表着作者林白）与自己的倾偈一直贯穿在整部小说中。

而由梁远照和姨婆梁远素倾偈，引出庞天新被扣上收听敌台的帽子而被枪毙于沉鸡碑下、远照为隐瞒庞天新的死讯而不断编出各种天新远在他乡的故事。更有意思的是，跃豆返乡还与一群文友相会，倾偈中带来了许多故事，而且是以前辈田老师宣布他的粤语研究成果为开始的。有关赖诗人、癫佬、蓝氏女、文友乙都有很好玩的故事。这些狂欢化的叙事无疑都是与粤语相关的，里面的粤语在当时倾偈的语境中令不懂粤语的读者也能明白，如写蓝氏女去政府闹事，找个男干部把她抱出门外，她竟然像一摊泥，软塌塌的，"扔都扔冇落""大家讲她太久冇得男人抱过了"。此外，由"小五"罗世饶的信件引出他的奇异经历，插入冯其舟与吕觉秀的"美而短"的暧昧、有温情的故事。还有诗人赖最锋暗恋冯春河的故事，分明又带有着狂欢式的成分，混杂的记忆中充满着故乡的体温和人性的温馨。

对于那些暂时无法归类但又能展示圭宁人现代生活的事物，作者用"时笺：倾偈"再度加以强调，看起来它们像是一堆原料，甚至还扯到酿南瓜花之类的南方菜肴，然而，那都是与"作家返乡"相关的，是与圭宁那个七线小城相关的，引出重叠的时间和记忆也成为结构中的重要部分。作者的思维是发散型的，主题的表达也是隐晦多义的，她想象若干年后，作为粤语小方言勾漏片的北流白话已经基本消亡，但那时候的作家面对的文化又将是什么呢？作者的思考无疑是向世界敞开的，有着未来指向的。

南方的植物意象与倾偈就这样交织起来，成为《北流》的麻花式结构，不断地翻腾，从而形成重叠的时间和混杂的记忆。我或许可以这样去理解评论家贺绍俊对林白《北流》结构的评语①。

三

从"新南方写作"的讨论来看，它应该是也首先是文学地理意义上的写作，正如《南方文坛》主编张燕玲指出的："是向岭南，向南海，向天涯海角，向粤港澳大湾区，乃至东南亚华文文学。因为，这里的文学'蓬勃陌生'，何止杂花生树？何止波澜壮阔？"②杨庆祥将其范围界定为"中国的广东、广西、海南、福建、香港、澳门、台湾等地区以及马来西亚、新加坡、泰国等东南亚国家"③。这里显然是强

①见《当代》2021年第8期目录中评论家贺绍俊对《北流》的评价。
②张燕玲在"批评论坛·新南方写作"中的主持人语，《南方文坛》2021年第3期。
③杨庆祥：《新南方写作：主体、版图与汉语书写的主权》，《南方文坛》2021年第3期。

调了新南方写作的海洋性。那么，林白写到的滇中呢？云南属于亚热带高原季风型地区，那里的地理、植物似乎也是与东南亚热带地区相近的。在那里，植物同样长得很嚣张，雨季时河流照样会肆无忌惮，有时就如马来西亚华文作家李永平《大河尽头》中所写婆罗洲暴雨之后的卡布雅斯河一样，上面漂浮着各种动物、植物及木屋的屋顶。现代文学史上曾有过艾芜的《南行记》，产生过极大的文学影响。当代文学中也有像晓雪和雷平阳那样杰出的诗人，他们的南方河流意象、植物意象也很震撼。我们恐怕不能只强调海洋性将它们划出"新南方写作"之外。它也是"杂花生树"中的树与花。林白写滇中也是有她的道理的。

我更多地赞同朱山坡的主张："新南方写作彰显的是南方气象。南方意象、南方视角、南方叙事、南方风格……"①我们要在新南方写作中"读到浓郁的南方的味道、南方的腔调和南方的气质"②。林白的《北流》正呈示了这种南方气象。她观察世界的方式与写作视角是不同于北方的，她笔下的南方以及生长于斯的人物都与他们所处的南方环境紧紧地贴在一起。如在"文革"期间，革命轰轰烈烈，红色歌曲铺天盖地，南方也一样会镇压"反革命"与

①朱山坡：《新南方写作是一种异样的景观》，《南方文坛》2021年第3期。
②朱山坡：《新南方写作是一种异样的景观》，《南方文坛》2021年第3期。

"通敌分子"，但在南方以南的海南（那时还属于广东省），小五逃到那里打散工，照样会生存，照样会享受那里野性的性爱。在那么一个严酷的时代，小五竟然还拥有12位女性的身体。这就是南方的野性和宽松。南方人务实中有开拓，野性中有温柔，拼闯中也有顺其自然。对南方人的生命精神和人性的温情，林白也写了不少，充满着南方的风格。北方评论家很不理解陈残云的《香飘四季》，说他为什么将当时的阶级斗争写得那么淡化，这里其实就隐藏着地域性和南方风格问题。此外，南方语言也是形成南方味道、南方气质不可缺少的重要因素，林白的写作实践已经在证实这种预期。

更为重要的，应该是新南方写作的超越性，它不能仅仅局限于地理、植物、食物、风俗与语言，而应该是在一种多元文化形态环境中所形成的观察世界的视角与表达方式，代表着面向世界、面向未来的无穷探索。"新南方写作并不局限于自身的地域属地，而是以'南方'为坐标，观看与包孕世界，试图形塑一种新的虹吸效应。"[1]这是评论家曾攀的期许。广东作家王威廉提倡未来诗学，就带有一种超越性的方式，他同林白、东西、朱山坡等一样，以他们扎实的文学作品在形塑"新南方写作"。

（此文原载《南方文坛》2022年第2期）

---

[1] 曾攀：《"南方"的复魅与赋型》，《南方文坛》2021年第3期。

文化理性与潮汕精神

——评长篇小说《平安批》的文化书写策略

习近平总书记于2021年10月考察汕头，在看了小公园开埠区、开埠文化陈列馆、侨批文物馆之后，曾经动情地说："华侨一个最重要的特点就是爱国、爱乡、爱自己的家人。这就是中国人、中国文化、中国人的精神、中国心。中国的改革开放，中国的发展建设事业跟一大批心系桑梓、心系祖国的华侨是分不开的。"① "侨批"记载了老一辈海外侨胞艰难的创业史和浓厚的家国情怀，也是中华民族讲信誉、守承诺的重要体现。要保护好这些文物，加强研究，教育引导人们不忘我国近代的屈辱史和老一辈侨胞艰难的创业史，并推动全社会加强诚信建设。他充分肯定了华侨的作用和贡献，也肯定了侨批的重要价值和在当代社会的积极意义。广东作

① 央视网，《习近平肯定华侨贡献》，https://news.cctv.com/2020/10/14/ARTItrBLDGGtofaeYQmiWfzj201014.shtml。

家陈继明的长篇小说《平安批》通过书写到暹罗从事侨批事业的潮汕商人郑梦梅从1916年"过番"，到1977年90岁终老故乡的超越半个世纪的拼搏与奉献生涯，以及他背后整个家族的奋斗故事，展示了潮汕侨胞心系家园故土，支持家乡建设与祖国争取民族独立，以及社会主义建设事业的家国情怀和潮汕精神。小说在人物塑造和故事展开中体现了作者对中华优秀传统文化尤其是潮汕文化独到的理性思考，在对潮汕文化与潮汕精神的表达方式上也有突出的创新，在华侨题材与中外文化交流史题材的文学书写中具有开创性的意义和价值。

揭示潮汕人海外谋生的文化价值选择

《平安批》写的是潮汕地区特有的文化与商业现象——侨批。在潮汕方言中，"信"为"批"，到海外谋生创业的华侨不定期地通过"水客"和侨批机构等民间渠道，给家人汇出银信合一的家书，成为"番批"（侨批）。这是华侨华人在特殊的历史条件下形成的一种独特的文化现象和经济行为。侨批不仅仅是海外华侨出洋之后向家人报平安通信息的重要渠道，更是用银钱支持家人、支持家乡、支持国家的爱心贡献。

小说从潮汕人郑梦梅下决心过番写起。那时他28岁，这个时候他已经娶妻生子。之所以下定决心过番是因为90岁老祖母的逼迫与希望，也是为了躲避当时政治的乱局与重振家族事业。他的父亲郑阿女好茶、好客、好石，聪明绝顶却游手好闲。哥哥郑复生参加了反对清政府的革命党，在刺杀镇压革命党的禁卫军头目爱新觉罗·良弼的行动中牺牲。家庭面临着政治和经济的双重压力，重振家声的担子压在了硕果仅存的郑梦梅头上。

中华优秀传统文化十分强调"修身""齐家""治国""平天下"，修身中对"内圣"的追求通向振兴家业、治理国家和奉献社会的外部伟业。郑梦梅正是带着这种价值观过番，去探究家族突然衰落的秘密，去创业重振家族声誉。

郑梦梅过番最初的动机之一，也是他最重要的动机之一，就是要到马六甲弄清他祖父一辈两兄弟被大火烧死的原因。他到的第一站是暹罗的曼谷，在那里他在万昌批局谋得了一份写番批的工作。一旦他立下足来，他就利用机会去马六甲寻找线索。当他弄清祖父一辈的死因并非兄弟相残而是其他原因之后，他坦然接受，并从中汲取教训，除了不赚积恶钱、不从事有害社会和百姓的事情之外，还得洁身自好。这也是他一直约束自己，不轻易放松对自己的要求，不走歪门邪道，以诚待人，以重振事业为主要目的的做人标准。

因为他有生意头脑而且人品诚实，给万昌批局老板宋万昌提了七条改进和拓展批局的建议，被老板看重，要收他为义子，并愿意将批局的业务托付给他，让他占有万昌批局产业的六成份额，老板的两个儿子各占两成，老板自己每月拿一份批银回汕头养老。他在无法推却的情形下，接下了这副重担。在重新登记时，他只占百分之五十一的股份，全部员工留用。在资金无法周转的逆势中，他通过向女儿借钱，扭转形势，不仅使批局人气大旺，还创办了以卖木瓜种子为主的万昌种子公司，成为暹罗潮商的后起之秀。这当中，有他对宋万昌的诚和义，也有他的勤和勇。万昌批局最先接纳他，让他有落脚之地，他不能忘恩负义。他同意女儿乃铿的建议，万昌批局宁可折本把旧银换成雅银，以后就只派雅银，为的就是争得一个名声，这就是以诚信创造公司的声誉。在他50岁的时候，他的生意顺风顺水，事业如日中天。除了不赚积恶钱，别的钱能赚则赚，除批局和种子公司外，有了电灯公司、抽纱公司、女子学校、医院、钱庄。他还创办了纯公益的义庄，做善事，专门寄厝无主尸体或暂时不能入土为安的灵柩，他还租了一艘大火轮，将曼谷义山亭内有意迁回国内的灵柩和一些无主遗骨无偿迁至汕头的万昌义庄。抗战期间，侨批的水路被截断，他开辟陆路，在路上发现清迈永成批局的批脚已经死去，但留下了黄金及信中的清单，他选择把东西带回去，还要想办法把每一封批交到收批人手里。当他回到国内，就立即去实施。这便是他敬业、守信的崇高道德。

中华优秀传统文化中讲究人要追求"三不朽"："太上有立德，其次有立功，其次有立言，虽久不废，此之谓三不朽。"①这便是引导郑梦梅成事兴业的优秀文化价值观。

在事关国家利益的关键时刻，郑梦梅毫不含糊，一切以国家利益至上，且要为国出力立功。在抗日战争的危急关头，爱国护乡成了他实践"三不朽"的重要途径，也是他袒露"家国一体"情怀的最好时机。1937年他在汕头过50岁生日的时候，明确地拒绝了日本驻汕头领事馆的书记官富田及其中国台湾籍的翻译来贺寿，因为他要做一个"明白人"，不能在中日处于交战状态下失去人格，还因为他在前几天帮助汕头的万昌医院处理了自称是日本人而实际上是中国台湾人的汉奸林文峰突然死亡的事件，通过尸检排除他杀的可能，有效地避开了日本人欲借此炮击汕头、攻占汕头的危机。卢沟桥事件之后，日本全面侵华，暹罗的潮州八邑会馆在第一时间就成立了"暹罗华侨筹赈祖国难民总会"，郑梦梅担任副会长。会长、副会长带头捐款，款项用于救济难民，也用于国内抗日的军饷。他还帮助他父亲参加的共产党领导下的闽粤赣抗日游击队购买了一批枪支弹药，在禁运的情况下想方设法运到了汕头港。

---

① 《左传·襄公二十四年》，载杨伯峻编著《春秋左传注·襄公二十四年》，中华书局，1990，第1088页。

在国难当头的时刻，他目睹了自己的亲生儿子、给延安共产党做事的郑仰衡为国慨然捐躯。跟他从暹罗回国在汕头开批局的儿子郑乃诚在经历了日本人屠杀自己的亲人和乡亲们之后，率领着狮头寨杨大目等八个人去找日本人复仇，杀死38个日本仔之后全部壮烈牺牲。郑乃诚也是他在暹罗一手带出来的，在关键时刻郑乃诚表现出历练的成熟，选择了舍身救国的勇敢。

他培养和信任女儿郑乃铿，也从接受文明时代新事物新观念的角度赞同女儿悔婚，认为早婚不利于妇女的发展，并放手让她去管理暹罗的侨批局。在抗战时开辟新批路和给国家出钱救难也都让她出主意。

在中国共产党领导下的新民主主义革命时期，特别是抗日战争和解放战争时期，东南亚华侨出钱出力，充分展示出了"家国一体"的文化情怀。这都是载于历史中的事实。作者笔下的郑梦梅正是这样的化身。在郑梦梅身上，作者有了许多寄托，让他成为集中华优秀传统文化精神与现代文明价值观于一身的理想人物。他的重信誉、守诚信帮助了他个人及其家族的发展，他的严谨修身和对家庭成员的培养又与对社会、对国家的贡献和价值结合在一起。中华优秀传统文化中"修、齐、治、平"的价值观就是从个人、社会、国家三个层面对人们的价值观和思想行为所做的规定与指向。正是在奋斗过程中，郑梦梅按照这种价值指向，实现了他个人价值与社会价值的融合，实现了他对国家的贡献，也实现了他个人对自由与幸福的追求。马克思说过："代替那存在着阶级和阶级对立的资产阶级旧社会的，将是这样一个联合体，在那里，每个人的自由发展是一切人的自由发展的条件。"[1]作者选择抗日战争阶段重点去展示郑梦梅的贡献，并不是完全站在儒家文化传统上的，而是站在传统与现代相结合的文化审视下去写的。这体现了作者强烈的文化自觉意识。我们所看到的郑梦梅的发展，虽然是在"修、齐、治、平"价值观的引领下完成的，他的创业精神和家国情怀也是在中华优秀传统文化的浸染与激励中完成并展开的，但他的文化传承一旦与民族和个体的争取独立自由解放结合在一起，就具有了创新性发展的意义，这在一定程度上也通向马克思主义关于"人的全面发展"理论，与当代社会主义核心价值观中的"爱国、敬业、诚信、友善"也血脉相通。

展示潮汕人海外创业与奋斗拼搏的精气神

书写历史文化的长篇小说，作者持什么样的历史观去观察历史、评价历史以及写出人物的精气神，是至关重要的。在《平安批》里，作者为我们塑造了一批在海外奋斗创业的

---

[1]马克思、恩格斯：《共产党宣言》，载《马克思恩格斯选集》第一卷，中共中央马克思恩格斯列宁斯大林著作编译局编译，人民出版社，2012，第422页。

潮汕人物群像，写出了他们知行合一、自强不息、勇于拼搏和具有灵活生意头脑的商业创造力，展示了他们重视人品、重视知识、敢闯敢干和勇于探索未知的智慧和勇气，同时作者还从他们身上挖掘出独有的、具有强烈地域色彩的潮汕精神。

郑梦梅是他们中的杰出代表。他一到暹罗，就能从万昌批局的管理中发现问题，提出改进的七条建议，而同是潮汕人的万昌批局老板宋万昌也能从善如流，因为他看到了知识与智慧的重要，认为郑梦梅是一个难得的人才，所以不惜收郑梦梅为义子，将自己的批局托付给他管理与经营。郑梦梅的那七条建议，实在具体：从建立寄批人的登记簿建档立册开始，到可以借款寄批和没钱时先垫付寄批；从给每一封番批编号到在批封上印制广告，以及在每一个批信里暗藏一个批仔，以备收批人写回批，他都想得非常仔细周到，既方便了寄批收批人，又方便了批局的管理。他还提出可以请企业主和劳工兼做水客，代揽番批，或者付给他们佣金，或者奉赠礼物，又可以节省劳力。其生意经精明到顶。郑梦梅到马六甲寻找祖父一辈的死因，在得到答案之后，在怡保一个木瓜摊里发现了商机，就将当地的木瓜种子收集起来运回暹罗，在曼谷租地种起了木瓜，很快赢利。他在女儿乃铿的协助下，批局与种子公司等事业快速发展。在日本人对华开战后，水路被阻，他则要开辟陆路，决心从清迈徒步穿越缅甸、老挝两国之间的漫长边境，经云南再到潮汕，也要维持批局的业务。事实上，他后来在向导的带领下，经过了老挝、越南，再到广西的东兴，然后再辗转赴潮汕。路途中，他与儿子乃诚经历了原始森林的瘴气，患了病，回到国内时，还碰上了土匪。但他们靠着超越平常人的勇气、毅力和智慧，一一战胜了这些困难。郑梦梅和他的儿子乃诚，凭的就是一种儒家的君子人格在拼搏和做事。儒家有"生于忧患而死于安乐"①的传统，有"天将降大任于是人也，必先苦其心志，劳其筋骨，饿其体肤，空乏其身，行拂乱其所为，所以动心忍性，曾益其所不能"②的君子成器必由之路的标本，郑梦梅的人格是典型的儒商人格，郑乃诚也是在这种人格的影响下自觉磨炼自己而变得成熟起来的。他们父子二人的这种敢于拼搏的精神，用郑乃诚曾祖母的话说，也是潮汕人方言中所说的"驴生拼死"。在郑梦梅父子身上，透露出的是一种"潮汕精神"，即"重义守信、义利并重、勇于拼搏、敢于创新"，在一定程度上这种精神也是中华优秀传统文化精神的重要组成部分。

与郑梦梅一起在暹罗创业的乡人陈光远、林阿为、蔺采儿、陈阿端等也是潮汕人的优秀代表。抗战开始，陈光远出

---

① 《孟子·告子章句下》，载《孟子》，杨伯峻、杨逢彬注译，岳麓书社，2000，第223页。
② 《孟子·告子章句下》，载《孟子》，杨伯峻、杨逢彬注译，岳麓书社，2000，第223页。

任"暹罗华侨筹赈祖国难民总会"的会长，林阿为也是副会长，他们除了带头捐款之外，还用火船帮郑梦梅购买枪支弹药，运给他在国内参加了共产党游击队的父亲。在暹罗严禁与抗战沾边的物资离港的情形下，当司机的潮汕人陈阿端想出了主意，先把枪支弹药装进不透水的箱子，再把箱子用锁链穿起来，挂在船尾，沉入海底，等出了港再捞上船，这就躲过了港口的检查。潮汕人的聪明智慧在爱国护乡的环境与氛围中得到充分的激发和体现。

作者在小说中还刻画了一群潮汕妇女的形象，她们精明能干，既有忍耐力，也有创造力。当男人们远渡重洋出外谋生的时候，她们在家担负起了里里外外一肩挑的责任。既能下田劳作，也能在家绣花抽纱，能操持整个家庭的事务，也能在必要时接待外客和处理事务。郑梦梅的老祖母就是典型。她从30岁开始管家，亲手购置田地，建起几间大厝，还能识文断字。小说中写到凡是批脚送来的番批首先都要递到她的手里过目。在儿子阿女策划并指挥人烧了教堂逃走之后，当地政府派出短枪队进驻村里，她均能从容应对。短枪队带走了家里的管家，她平静地说一定会想办法把他赎回来。到了孙媳妇望枝改嫁和重孙女乃铿出花园以及出嫁的关键时刻，她将早在40年前大厝完工的时候埋下的一批黄金挖出来使用，要让家族重现高光时刻。老祖母的吃苦耐劳、勤俭持家、精干聪敏、敢作敢为的言行，形象生动地演绎了在潮汕文化养育中形成的潮汕精神。

在她的影响下，她的重孙女郑乃铿也是一个敢作敢为、内秀外强的潮汕少女的典型。她从后溪的郑步沥家族与前溪的郑仰衡互换而来到郑阿女家族，与前后溪的两个母亲都相处得甚好。在出嫁日被男方村里人嘲笑她脸上黑色的胎记时，她坚持不下轿，返回家里来，断然拒婚。在祖父逃走、父亲过番、曾祖母溘然去世的时候，毅然挑起曾祖母赋予她管家的责任，并处理得井井有条。赎回了管家，归还了男家的彩礼，分配了曾祖母的财产，将剩下的金条换成港币，以备在汕头成立抽纱公司。她去暹罗见了她父亲之后，又借钱给父亲的批局做周转资金，并出主意帮助父亲的公司打造声誉。在做了曼谷批局的小当家之后，生意大增，赢得了"小财神"的称号，并且在人家叫她"麻脸西施"的绰号时也坦然接受。她还建议父亲在卖木瓜的同时也卖木瓜种子，并且同时成立了万昌种子公司。她的叛逆性格和敢于创新创造的商业意识，使她成为在现代文明与商业环境下成长起来的潮汕女商人的标本，也成为新一代潮汕人传承与发展潮汕精神的象征。

海外侨胞的事业是他们历经千辛万苦打拼出来的，侨批的历史也是靠他们的聪明才智创造出来的，他们是创造历史的主人。《平安批》将海内外潮汕人的拼搏与奋斗写得真实可信，写得复杂深刻，写得惊心动魄，写得回味无穷，为我们提供了一个为潮汕人民塑形铸魂的标本。以创造历史的他们为主角，在尊重历史、尊重人民创造性的态度中书写他们的奋斗史、创业史与精神气质。这是写潮汕人，更是写潮汕精神，写中国精神。

融理性思考与文学书写于一炉

《平安批》作为一本书写具有鲜明地域文化特色的小说，离不开作者对潮汕文化的理解和评价，其中少不了要对潮汕文化和潮汕精神做理性的思考。如何将潮汕侨批的故事讲好，将潮汕人包括海外侨商及其文化的故事讲好，对不是潮汕本地人的作者陈继明来说，是一个极大的挑战与考验。

评论家阎晶明曾经用"融合"一词来概括当前小说的创作趋势，指出作家往往在一部作品里融合多种艺术元素，"小说里有地域风情，有民族历史，有严肃的政治，有民间的传奇，同时还有一种广阔的世界性。作家努力调用整合这些元素，纳入一部小说当中，使其成为互相关联、交融的小说元素，从而形成一种合力，形成一种小说的力量"①。他评价《平安批》是"在世界背景下写潮汕，故乡的内涵被放

①阎晶明：《2021年长篇小说：故事的强化与故乡的寓言化》，《文艺报》2022年2月9日，第2版。

大了"①。在视角和技术上，陈继明的《平安批》就以一种世界性的眼光来看待潮汕文化，将潮汕商人的奋斗创业放在世界发展的背景下去书写，大大增强潮汕文化的辐射性，扩充了其世界性意义，以及潮汕商人乡愁所具有的家国情怀和现代性意义。

小说在开篇就以"井"作为隐喻，将郑梦梅对井的恐惧与到底过不过番联系起来，表达了他对过番的复杂心情。银溪村里大埕的那口井接纳过从番地回来的番客，他的叔公十三少，跳井而亡是因为过番之后失恋就疯了。郑梦梅想象那井总是通向大海，那番客恐怕早从井底游向大海，又去了番畔。而郑梦梅有一流的水性，村里人给他取了"水鬼佛"的绰号，他不怕跳井。这预示着他不会在过番中失败。中国文化中的"井"既是家园的象征，同时又是坐井观天的桎梏。井通向另外的世界，井也限制着人们的视野和思维。郑梦梅终究是在老祖母的激将下，背井离乡过番了。小说的这个隐喻很有艺术张力，它一下子就把郑梦梅推向了峰尖，他越过童年的心理障碍，认准了过番不是跳井，搭船过番对他展示的将是另一番新的世界。他不会被家乡的"井"淹死，更不会被前途未卜的商海之"井"淹死。

小说对乡愁的刻画也有一种世界性的背景。在暹罗等东

①阎晶明：《2021年长篇小说：故事的强化与故乡的寓言化》，《文艺报》2022年2月9日，第2版。

南亚诸多国家，过番的中国人总把他们的神庙带过去，这里面有民间的信仰，但更多的是为了寄托乡愁。妈祖庙、关公庙、北帝庙、伯公庙、天后宫以及各种老爷庙，甚至还有三山国王庙，无非是在异乡的一种家乡的象征。郑梦梅到了曼谷一下船，就看见了比在汕头见过的更大更气派的妈祖庙，他跪拜下去，把全部敬意和辛酸都存放在跪拜与作揖当中，起身时早已是泪流满面。一碗热气腾腾的猪血汤，他只喝了半口，就觉得整个潮汕连根拔起。郑梦梅还一直保持着听潮戏的爱好，哪怕是在最艰难也最感疲惫的时候，只要看一场潮戏，他就活过来了。小说中作者时不时插入一些潮戏的文本，让潮戏与当时的场景相互配合，恰切地烘托出人物的心境。在曼谷，郑梦梅在喝猪血汤时，幻觉中他似乎听到潮戏《苏六娘》中的一句台词"西胪旧梦已阑珊"，等着下一句"不堪回首金玉缘"却没有听到。这是他到异国之后第一次对乡情的回望，与他刚到曼谷感到的辛酸和苦楚缠在一起，不免产生不堪回首的凄凉感。在开辟陆上送批道路到达安南时，他用看潮戏来解乏纾困，看了一出小时候就看过的老戏也是苦戏《柴房会》。莫二娘的唱词句句道尽苦情："可叹奴，生前受尽磨折遭奸骗，冤丧异乡无人怜。莫非人间尽是亏心汉，世上难寻仗义人？哎苍天唅！待何时得吐怨人间？"他刚刚经历过的苦难尚没来得及回味，此时在异国他乡听到这出苦戏，顿时便被带入其中，沉浸到场景里去了。

连背着五十只大黄鱼褡裢的向导雷阿要离开，他微微有些不放心，想跟出去，但又实在舍不得放弃看戏。看潮戏，尤其是在异国看潮戏，不仅道出了只要有潮人的地方就有潮戏的事实，说明中国人无论迁移到哪里都会把自己的文化带到哪里，更重要的是此时的潮戏成为家园的象征和文化的寄托。在小说中，潮汕工夫茶、潮汕猪血汤、潮汕的讲古、潮戏，乃至在曼谷的喝茶对对子，在哪都是乡愁的体现。故乡的外溢也是文化的外溢，在世界的背景下，故乡以及它所带来的乡愁更成为海外侨胞的一种精神支撑和文化的符号。

　　1979年以前的华侨更多地坚持叶落归根的信念，小说中写到1945年抗战胜利的时候，郑梦梅与蔺采儿坐船从曼谷回到香港，在快到岸的时候，一位十多年没回家的老番客，带着番畔长大的儿子终于回到家门口了，他却毫无预兆地跳海了。死在自己的家门口，似乎就是他最好的选择。郑梦梅将其归于怀乡病犯了。小说安排这个特别的情节，也可以看作是一个隐喻，老一辈华侨对家和故乡的依恋是植根在骨头里的。小说最后的结局是郑梦梅于1958年从曼谷回国，在70岁的时候还帮助汕头建抗战时期沉批博物馆，最后在1977年90岁时在汕头辞世。他在外漂泊半辈子，最后也要死在自己的故乡。这虽是小说，但实际上也是大多数老华侨心中的向往。

　　为了将潮汕文化的故事讲好，小说作者特意安排了一个英国人乔治，让他成为郑梦梅一出洋就遇到的好朋友，并通过他的眼光和评价来理性地审视潮汕文化包括潮汕人。乔治是剑桥大学人类学的博士生，他来汕头进行人类学考察，爱上一个当地姑娘阿桃，与其同居生子育女。他的父亲与祖父一代都是中国通，祖父是传教士，父亲和他的大伯父、二伯父曾经到中国来赚过买卖鸦片的积恶钱。因为乔治以潮汕为研究对象来写他的博士论文，所以借他的口来评论潮汕人与潮汕文化，就顺理成章了。在郑梦梅第一次去暹罗的船上，乔治认为潮汕人是世界上最现实的一群人，该议论赢得大家的认可。作者又通过大家的讲古，引出乔治评价潮汕人最想当官但又特别怕官。而陈光远的古又引出乔治肯定潮汕姿娘具有自我牺牲精神，且聪明、顽强、本色，对一个家庭而言不可或缺，这些品质在全世界都绝无仅有。更为重要的是，这个古为以后作者对郑梦梅祖母及女儿乃铿的描写做了重要的铺垫。其实这些评论都是作者对潮汕文化的理性思考，不过借一个外国人的口，以一个旁观者的身份说出来而已。如果作者在文本中直接插入这些评论的话，那势必会引起争议。虽然他也是一个外乡人，但在小说中直接议论潮汕人是不合适的。

因此，作者总会在适当的时候让乔治出来与郑梦梅讨论潮汕人及他们的文化，一是为了情节推进的需要，二是为了对将要发生的事做个铺垫，或者是为已经发生的事作出评价。当然，更重要的是，作者借此将他对潮汕的研究与理性认知融合到他的文学叙事中来，使得看似平常的叙事带有深度的文化思考，让人在阅读之中领略潮汕文化乃至中国文化的深厚底蕴。正如评论家、《人民文学》主编施战军在《平安批》一书的腰封上所说的那样，这部作品有着"很深的叙事吃水线"。作者写作时把握住了既灵巧又结实的艺术技巧，才取得这样好的艺术效果。

如在郑梦梅带着乔治去马六甲寻找他的祖父一辈死因的路上，乔治在郑梦梅总是进中国寺庙跪拜之后，对潮汕人的宗教信仰做了颇有深意的评论。他评价说，北帝被一路南迁的中原人一直带到中国南方，甚至带出国到了更南端马六甲。他发现，中国的中原就在流浪的途中，在远行的路上，在流浪者的心里。他们心里有两个中原，一个是地理上的，一个是精神上的。后者也是流浪者的中原。这说的就是作为中国人的潮汕人的中原。这便为郑梦梅们无论走到何处，一旦见到故乡的文化符号就充满着浓厚的乡愁做了铺垫。乔治还由此引出中国人的忏悔方式就是捐赠，慷慨解囊，助人为乐。与洋人的忏悔只放在口头上相比，中国人的忏悔更无形，更隐蔽，也更会变成实际行动。在普吉岛见到台湾来的客栈女掌柜毛毛，乔治跟她开了男女间的玩笑，在与郑梦梅继续聊天时就说，你们潮汕人很不浪漫，就算娶十个老婆，也和浪漫主义无关。后来，乔治又继续议论潮汕商人在暹罗放弃政治权利，只埋头做事不谋求政治利益的传统，说这种务实性就来自潮汕人务实低调、精工细作的精神体系。潮汕人不问政治，务实低调，无技不精，种田如绣花，平安当大赚，慢慢就形成了一种社会性格。之后郑梦梅就寻找到他祖父一辈在马六甲真正的死因——因为卖鸦片发了家，爱上一个英印混血的姑娘，而当地警察局长的儿子也喜欢这个姑娘，警察局长又是英国殖民地总督的朋友，所以祖父遭遇大火烧屋而没有得到消防队的抢救。乔治先前的议论恰恰为此事做了一个注脚，郑梦梅的祖父恰恰在某种程度上违背了潮汕人一贯做法，想要浪漫一把，但因为牵涉到政治，没有政治权利，反被政治所害。郑梦梅发达以后，就谨守潮汕人的传统，并从做义庄、善堂开始，做实际上的善事，多少也带有为祖辈忏悔的意思。

从《平安批》对潮汕文化与潮汕精神的文学表达来看，作者融理性思考与文学书写于一炉，为地域文化的书写树立了一个典范。文学是人学，也是形象和叙事的展开之学。在用文学书写文化的时候，如何在人物塑造与文学叙事、用好艺术技巧、讲好中国故事当中，实现文化传承与创造性转换、创新性发展相结合，是文艺工作者在文艺实践过程中需要高度重视并加以积极探索的。

（此文原载《中国文艺评论》2022年第4期）

追寻与抵抗：多重文化语境中的精神行旅
——评陈河的《天空之镜》

　　《天空之镜》是加拿大华人作家陈河2022年出版的小说集，它由五个中短篇小说组成，以多个国家多种身份为背景，展示出作者在多重文化语境中的人生思考和精神行旅。

　　"追寻"是这些小说的关键词，作者通过作品中不同人物的经历展现了他们的精神世界。

　　《天空之镜》通过加拿大华人李到玻利维亚旅游的神奇之旅，踏上了精神"追寻"之路。李到玻利维亚旅行的动机，来自他十几年前在古巴切·格瓦拉墓园发现的那个外号叫"奇诺"的队员可能是个中国人，他要沿着玻利维亚开辟的格瓦拉游击队主题旅游线路，去追寻格瓦拉的踪迹，揭开"奇诺"这个谜。"追寻"一直是陈河小说创作的拿手好戏，他的《沙捞越战事》《米罗山营地》和《甲骨时光》等都是历史与虚构结合，还带有某种考证与揭秘性质的小说。

《天空之镜》在追寻格瓦拉游击队以及格瓦拉和奇诺牺牲的完整过程里，不仅证实了"奇诺"的确是一个秘鲁的华工后裔，还挖出了从1849年起就有几十万华工经过死亡航行来到南美洲从事苦力的血泪史。李还通过加拿大约克大学华人教授的帮助，从电子邮件里了解到了"奇诺"的历史。他出生于1930年，父亲是秘鲁华人移民后裔，母亲是秘鲁本地女子。他通过上中学和大学，成为学生领袖和社会上显眼的政治人物。他坐过多次监狱，23岁就有了四次被驱逐出境的经历，在阿根廷、玻利维亚、墨西哥、法国、古巴等国流亡，后来成为古巴革命者切·格瓦拉军事核心团体中的人物，在玻利维亚打游击战争。李在介入过去历史的过程中，逐渐退去了障眼的雾气，他不再是隔着一层厚玻璃看玻璃另一端的人了。更重要的是，李还在追寻的过程中碰上了被中国公司派往玻利维亚乌尤尼盐沼做大工程的朋友老杨，后者是他在阿尔巴尼亚就认识的。通过追寻奇诺，上溯到19世纪的华工，他们被贩卖到秘鲁做廉价的苦力，成为秘鲁早期经济发展动力。而100多年之后，老杨他们所属的中国大公司涌入拉美，但他们的身份和100年前的那一批人则完全不一样了。李在这里发现了历史的纵深感，而奇诺作为一个引子，赋予了这段历史以"形而上学的光芒"。李的追寻，便从好奇与寻找上升到了寻魂——寻找中国人的前世今生，也是中国人在海内外拼搏的精神之路。

《丹河峡谷》《碉堡》《那灯塔的光芒》则表现一种对身份及内心世界的追寻。《丹河峡谷》中的奚百岭是研究核物理的博士后，普林斯顿大学博士毕业，回国后因业绩平平受不到重视，只好跟随太太移民到加拿大。两年了一直求职却找不到工作，只好到多伦多大学读博士后。陷入是回到国内处于戈壁滩的研究院工作还是继续留在加拿大的身份焦虑中，他最终选择了从丹河峡谷跳桥自杀。《碉堡》中的阿礼，国内名校毕业，被人招聘到阿尔巴尼亚从事贸易工作，在地拉那娶了一个吉卜赛姑娘，还生了一个儿子。由于他的老板管理不善，卷钱跑了不知去向，他回了一趟国，就被他老婆嫌弃，还被当作得了SARS（即"非典型肺炎"）已死亡，在阿尔巴尼亚取消了身份。等他再回到地拉那时，被机场警局拘留，要第二天送上飞机遣返国内。他设法逃了出来，留在了地拉那，成为被追捕的对象。这时他的身份是悬置的，也是双重的。从感情上说，他虽身陷险境，但心里却深深爱着阿尔巴尼亚这块土地，这里有他的家和亲人，是他的第二故乡，他不愿意离开它，但现在他妻子和岳父一家却不接纳他，警局还要抓他。他一旦回了国，就再也见不到他的儿子了。这便让他对身份极度焦虑。他找到黛替山上一座废弃的碉堡藏身，又得到在地拉那的华人朋友四德的妻子秀莲的帮助和真情相待，有了温暖感。碉堡成了他不会忘记的事物，也成为他内心世界里深藏的情感堡垒。尽管他最后被告发遣返回国，但他在义乌发达之后，却用钱买了一处山地邀请上海的一家外资企业照原样建了一座碉堡。而他的身份最后还是分裂的，他还幻想着回到欧洲去追寻他那流浪四方的吉卜赛一家，还想着不能让他的儿子失学。《那灯塔的光芒》依然是一种追寻，是对年轻时候朦胧爱意的追寻。虽然不是Ａ主动地去揭开这层层朦胧的爱恋，是过去的同学为他转述才让他了解内情，恍然大悟，但斯人已逝，只留下淡淡的伤感和遥远记忆里亲切的呼唤。然而，Ａ相信那感情的光是永恒的，正如那海雾中灯塔的光芒，虽然影影绰绰，却照亮短暂的生命直抵永恒。

在精神世界的追寻中，"抵抗"则成为另一个关键词。正是"抵抗"让小说中人物的内心世界变得更为复杂，更为深邃。

在《丹河峡谷》里，"我"（作品中被人称为"李先生"）快要40岁了，在人家要当将军的年龄却要去申请加入加拿大海军当兵，内心的确很矛盾。尽管妻子和女儿都入籍加拿大，但"我"还保留着中国国籍。可为什么还要去申请参加外国军队，在看似荒诞的决定中间却隐藏着"我"的"抵抗"。因为事业不成功，做房地产中介不成功，开了一家超市，依然不是"我"所乐意，因为那像一间橡皮监狱，将人捆死了。不仅如此，妻子此刻还与他闹离婚。因此，"我"羡慕流浪汉弗兰克，也同情为身份焦虑的奚百岭，便与来自中国的加拿大女兵宋雨惺惺相惜，走得很近。"我"内心的矛盾表现为行动则是选择当兵，这是躲避，也是抵抗。而宋雨，在中国读书，害怕高考，才跟父母移民加拿大。她想画漫画，经济上负担不起，也不一定能考上相关学校，想着当了兵之后或许就会有很大的职业选择空间，就能实现画漫画的理想。她还上过国内《非诚勿扰》温哥华版的节目，与人牵过手，但她放弃了。她上此节目只是觉得可以凭伶牙俐齿在电视上修理那些男生，特别过瘾。这种种乖张的行为都可以视为一种对现实的"抵抗"。自然，她当兵的选择也是一种"抵抗"。在当上兵之后即将上阿富汗战场的前夕，她将自己灌醉，把可以当她大叔的"我"当作安全靠山，以性欲抵抗对死亡的恐惧。同样，《碉堡》中的阿礼，在国内事业发达了，还要仿照阿尔巴尼亚的样子造一座同样的碉堡，时不时要返回到碉堡里平复内心的纷乱，这还是内心世界对现实的抵抗。在《天空之镜》中，玻利维亚女导游玛利亚喝着使人昏睡的奇恰玉米酒，不停地咀嚼着可以抵抗高原反应的古柯叶子，而背上文着鬼脸天蛾的图案——那曾经是500年前古印加国献祭给神的少女背上文的图案，在20世纪80年代被一个狂热崇拜切·格瓦拉的女性组织用为符号，文在加入这个组织的成员的背上，这当然也是一种对社会的抵抗。

而在身份问题上，陈河一直是抱有一种世界主义眼光的。尽管他在《丹河峡谷》的结尾通过李先生表达了一种思乡的情绪，但李先生加入加拿大的军队航行在太平洋上，与各国军队互动，甚至还幻想着"自己所在的军舰挂满旗在军乐队伴奏下缓缓靠上了黄浦江岸，码头上有成群的孩子挥舞着鲜花迎接着客人"①，就体现了一种世界主义的立场。《天空之镜》里李崇拜有着世界主义思想的切·格瓦拉，又与在阿尔巴尼亚共患难过的老杨交往亲密，将一百年前在秘鲁做苦力的华工与现在中国在玻利维亚的大公司联系在一起，做历史的纵深思考，同样是充满世界主义的。在《寒夜停电夜》里，虽然"我"的身份是加拿大华人移民，但立场显然站在事事都较真的泰勒夫人一边，而泰勒夫人是法国人，其丈夫是德国人，也是移民。"我"所谴责的是隔壁刚从中国台湾移民来的戴姐以及她那不守规矩、为所欲为，终于糊涂地参与了贩卖武器生意的儿子阿强。

我们再来看看陈河是如何利用小说的技巧来强化这种追寻和抵抗的效果的。

中短篇小说写作其实是最考验一个作家的写作功力的，因为篇幅有限制，不可拖泥带水，要抓得住读者，就要有出奇制胜的技巧。在写作上，陈河可以说是"十八般武艺"纷纷上阵，什么"草蛇灰线""双线结构""复调""欲擒故

---

① 陈河：《丹河峡谷》，载《天空之镜》，人民文学出版社，2022，第156页。

纵"一类都可以看出端倪。尤其在小说叙述的节奏处理上，他既能做到奇峰迭起，也能做到澜平如镜，真正做到收放自如。这样，我们看到在《天空之镜》里，李到达玻利维亚经安第斯山脉坐车进入圣克鲁斯高原时，"意识中浮现出一个记忆里的画面：一个女人裸露后背上张开双翅的飞蛾文身图案，非常美丽奇特"①。而这个文身图案一直埋在小说中，在女导游玛利亚突然昏倒给李惹出麻烦时，这图案还成为突发事件的关键点，因为李用手机拍过玛利亚后背的文身图案，他奇怪的是玛利亚后背上的图案怎么会和自己十多年前在古巴机场海关拍到的女子后背的图案极其相似。正因为有玛利亚的突然昏倒，当地警局不让李离开，这才有了李找当地中国公司帮忙，引出了李与老杨的见面。李利用停留在中国公司工地的机会与耶鲁大学的熟人苏教授联系，让他帮忙查找文身的图案究竟是什么符号、代表什么意义，也让约克大学的徐教授帮助寻找有关"奇诺"的"胡安之书"，解开百年秘鲁华工的移民血泪史和奇诺的革命史。小说最后玛利亚苏醒，李终于洗脱嫌疑，这时他通过耶鲁大学苏教授的电子邮件弄清楚了这文身图案的来历。原来这种飞蛾叫鬼脸天蛾，其符号名字叫"古印加的献祭"，来自秘鲁库斯科地区一具两千多年前的布包木乃伊女尸的后背。这位作为活体献

① 陈河：《天空之镜》，载《天空之镜》，人民文学出版社，2022，第8页。

祭给神的少女被发现时是冰冻的尸体，后背上所文的图案还清晰如新。在20世纪80年代，该图案被一个崇拜切·格瓦拉的女性组织当作联系的符号，她们在互联网上联系，在药物和酒精的催发下产生幻觉和格瓦拉交往，把一切献祭给他。到此，李在古巴机场海关见到的女子后背所文的飞蛾图案得到解答，故事也进入尾声。这便是"草蛇灰线"和"起承转合"的作用吧。

《那灯塔的光芒》中相隔40年的中学同学之间的聚会暗含了许多故事，明里大家都在看罗青与柳小芸的故事如何延续，暗中却有着A对与苏娅交往的回忆，以及艾珍知道A与苏娅相互暗恋的往事，可艾珍则故意回避，欲说又止。这两条线相互交织，直到罗青发生车祸，事情陡然有了变化。A提出与柳小芸一起陪护罗青，因为他觉得对罗青有愧，大家将罗青排除在看灯塔微信群的外面，但罗青竟然是为了看A而专门来的。此时，艾珍再度出现，告诉了A事情真相：苏娅是如何爱恋A，痴心地将小梅的纸条当作是A送的。而A此时才恍然大悟，由于自己的懦弱与退缩，深深地伤害了苏娅，错过了那段美好的爱情。到现在只好苦笑，心里难过得说不出话来。小说在一个看似平淡的同学聚会事件中孕育了极大的艺术张力，而通过明与暗两条线的铺排，写出了一段朦胧而凄美但未完成的情爱小夜曲。这就像作者在拨动伽倻琴，琴声叮咚，时急时缓，热情时绵延缠绕，哀怨时如泣如诉，却声声直扣人的心弦。

陈河的小说还善于运用象征来深化小说的意境，他小说的题目往往都是经过精心设计的，与他小说的结构紧密相扣，起到相互映衬的效果。《丹河峡谷》中的峡谷与401公路，峡谷的狭长逼仄正好象征着奚百岭在事业与生活上处于进退失据的"卡夫卡绝境"局面。他穿着装有传感器的黄色反光背心在峡谷里行走，和GPS联网，电脑上可以显示他所走过的足迹。这预示着奚百岭最后的人生轨迹必定与这峡谷密不可分。李先生与奚百岭走在峡谷的小径里，"小径突然一转，前方竟然是401公路上方横跨过峡谷的那座桥"[①]。而奚百岭此时觉得这峡谷竟然就像他家乡湖北陕西交界的穷山沟，而且他的生命和401有关系。他高考时是401分，是全省的理科状元，进了清华大学核物理专业。401成了他的骄傲，仿佛是天使送给他的一对编号为401的翅膀，27年前他凭此飞进理想的天堂。如今他来到多伦多，怎么又住在了401公路的边上呢？"我心头一惊，怎么又是一个401？"[②]奚百岭最后穿着那件黄色的反光背心，在徘徊了大约三小时之后，从401公路的丹河峡谷大桥上飞身而下，结束了短暂的生命。小说写道："奚百岭交叉迷宫一样的人生路径里，

① 陈河：《丹河峡谷》，载《天空之镜》，人民文学出版社，2022，第113页。
② 陈河：《丹河峡谷》，载《天空之镜》，人民文学出版社，2022，第115页。

贯穿着一个401符号。高考的成绩是401分，他住的学生宿舍是401号，出国读博士是4月1号。他最后站在401桥上面，望着渐露曙色的东方，一定会想起湖北大山里的家乡，想起自己的父母，想起自己的童年。"[①]"在他飞起来时，上帝收回了他的401翅膀，在他跌落的瞬间，上帝一定心痛得闭上了眼，地球轻轻一声叹息。"[②]不得不说，陈河在中短篇小说的设计构思上是独具匠心的。

此外，《碉堡》中碉堡象征着阿礼封闭而能自我安抚的内心世界，《那灯塔的光芒》则象征着人性中永恒的温情和精神之光，《天空之镜》中的乌尤尼盐沼可以在4000米高原的稀薄空气中产生全息的反光现象，湖里藏着很有价值的锂元素，这象征着小说中李先生的这一趟经历可以反射出历史的多重意义。"李久久仰望星空，由于'天空之镜'的反射效应，他仿佛置身于某个星座中。相对星空来说，盐沼的形成和人类的历史只是像火柴擦亮的一瞬。这一时刻，时间是平面的，在无数闪烁的星星之间，李仿佛看见了格瓦拉、奇诺和那些在山地里奔走的游击队员身影，还有那些坐着三桅船漂过太平洋的华人苦力的眼睛。"[③]

---

① 陈河：《丹河峡谷》，载《天空之镜》，人民文学出版社，2022，第155页。
② 陈河：《丹河峡谷》，载《天空之镜》，人民文学出版社，2022，第156页。
③ 陈河：《天空之镜》，载《天空之镜》，人民文学出版社，2022，第54页。

陈河的写作是非常有实力的，他凭《甲骨时光》获得过"中山杯"华侨华人文学金奖，现在是长中短篇小说都写，而且每篇都有好的反响。他有着丰富的人生经历，中学起就有从事文学创作的梦想，如今在加拿大一边从商一边写作，我相信他一定会有更多的好作品问世。

　　　　　　　　　　（此文原载《中文学刊》2022年第4期）

民间视角与文化情怀

——评谢友祥的历史小说创作

　　中国是一个重史的国家，自《春秋》《左传》以来，经《史记》到《资治通鉴》，再到《宋史》《明史》等等，二十四史皇皇巨著存留人间，给人们留下多少文化记忆和智慧。但正史毕竟是正史，其间也会抹去许多为王者讳、为尊者讳的印迹，许多不为人知的野史或者通过口头流传的民间故事，也残留着历史的痕迹。大朝代虽有正史，而在朝代更替之际的小朝廷或许就被忽略掉，更遑论各朝各代的农民军起义了。

　　在历史之外，又还有文学对历史的书写，《隋唐演义》《三国演义》《水浒传》等又给历史插上想象的翅膀，让它们飞进现实世界的万户千家，给人们增加丰富的谈资和故事。"白发渔樵江渚上，惯看秋月春风。一壶浊酒喜相逢，古今多少事，都付笑谈中。"杨慎的词句道出了人生的空幻感，也道出了历史流传的文学奥秘。

出身岭南也长居岭南的作家谢友祥就在岭南民间尤其是客家民间文化的浸染中，深掘流传民间的史外故事，以一种民间的视野和对历史的文化思考，先后创作出三部长篇历史小说：《血日苍茫——太平天国在南方的最后一个传奇》《南汉国传奇》《南明王朝终局传奇》①，给岭南历史同时也是给中国历史的文学书写涂上了一抹重彩，给文坛中继《白鹿原》之后历史的民间视角和民间叙事增加了另一种探索的风景。

一

历史小说的创作给小说家提出的难题是：近史而非史，是文学而又要具有史的印迹，这就要求小说家总体上不能脱离历史的大背景，又要在故事与细节上展开丰富的文学想象，是以文学想象去丰富历史，使历史变得鲜活而生动，同时又能弥补历史的某些缺陷，尤其是发掘那些被正史所舍弃或者忽视了的角落与边缘。作者通过对历史的书写自然也会表达他对历史的思考与评价，代表着他对笔下那段历史的文

---

① 谢友祥的三部长篇历史小说分别是：《血日苍茫——太平天国在南方的最后一个传奇》，广东人民出版社2016年版。《南汉国传奇》，广东人民出版社2017年版。《南明王朝终局传奇》，中国言实出版社2019年版。

学立场与观点。

评说陈忠实的《白鹿原》总要提到他的民间立场和民间视角，这主要是指他在中国近代以来的历史大背景下，以超越党派和阶级的眼光，以乡土民间的文化传承来观察农村社会，通过一个乡村家族从辛亥革命、抗日战争到解放战争的历史与人的变化，道出了一种是非曲直、当事人于现实中纠葛难辨的历史复杂性，也道出了人性在历史的裹挟中善恶转化的多重性。正如一些学者指出："《白鹿原》固然展现了某种'民间历史'，但这种'民间历史'却是被置于政治、社会的变迁之中呈现的，而非孤立甚至对立于政治、社会变迁的。因此，《白鹿原》更像是在'革命现实主义'延长线上所产生的杰作，它非但没有以'民间历史'置换'革命史''政治史'，而且将'革命史''政治史'当作了重要的表现内容。"①《白鹿原》也因此被人看作是新历史主义的，细究起来，这也不过是作家采用了一种区别于官方史学视角的民间视角而已。

谢友祥的历史小说也尝试着用这种民间视角去观看历史、审视历史。

《血日苍茫——太平天国在南方的最后一个传奇》写的是太平天国在天京失陷后有十余万残部在粤东深山丛林中坚

----

① 张勇：《文化心理结构、伦理变迁与乡村政治——陈忠实笔下20世纪中国乡村社会的"秘史"》，《文学评论》2017年第1期。

持抗清的一段历史。虽然大势已去，但康王汪海洋、侍王李世贤、偕王谭体元、列王洪德、来王陆顺德、平东王何明亮、天将胡永祥等率领着军队依然在奋力挣扎，坚持着一场又一场惨烈的战斗。就在这粤东一隅，也每天上演着中国农民军的各种大戏。不少将领和战士在转战与守城中捐躯，但太平军内部之间的猜忌、血腥内斗、告密与叛变、开小差等又时时侵蚀着部队的战斗力，并且会时不时吃些败仗，以致最后将领被俘、士兵全部被打散。

小说通过洪德所见太平军自己留下的墙头诗"天父杀天兄，到头一场空。打起背包回家转，依旧做长工"，预示了太平军此时人心已散，雄风不再。太平军的没落早从天京的"天父杀天兄"就已开始，到最后的坚持已经是明知不可为而为之了。

对太平军的历史书写，作者既不是照着正统史书的结论去套，也不是去简单地美化或者丑化那段少为人知的历史，而是从民间故事甚至是借民间的传说去写出历史的偶然与必然的交织。书中写到康王害怕侍王做大，在关键时刻将侍王软禁，逼迫侍王自裁。康王因此也变得更加乖戾，喜怒无常，怕人行刺。这大约就是天京之变的阴影在后期军队中的自然反映。太平军内的花旗部经常在攻下城镇之后抢劫民众，还与协助太平军攻城的长乐三点会互相残杀。花旗军首领林振扬吃里爬外，勾结清将卓兴，出卖他的妹夫来王陆顺德，将陆顺德捆绑送给卓兴，还与卓兴共同导演了"点天灯"的酷刑，将太平军中的李正春活活烧死。康王信任的手下朱必隆攻下陈姓族长领导的东山寨，下令屠杀百姓，无论男女，一一过刀，毫无人性。天将胡永祥攻打嘉应州城，大败于竹洋，朱必隆却见死不救。太平军中的黄十四、黄十六、黄十七三兄弟阴险狡诈，先是黄十四、黄十六为了钱财在节骨眼儿上反水，使得天将胡永祥打了胜仗后无法归营。黄十七贪念偕王谭体元的宝贝玉印，潜伏在谭体元身边，也在关键时刻叛变，使谭体元在大田被困而自杀。太平天国的沛王谭星出家灵光寺，成了愕和尚，后来还在关键一着棋上救了前来督战的清钦差大臣左宗棠。自然，作者也写了列王洪德与偕王谭体元对天国的忠诚、对部下的管束和对老百姓的爱护。

作者通过小说所要表达的是，无论"长毛"还是"清妖"，都不能笼统而论，太平军之败就败在后期背离了天道，不以正压邪，如果只以邪魔小道去成就帝王之业并且腐败到农民军领袖也学着要"选秀"，那洪秀全的天父天兄之论最后也不过是一堆狗屎。

《南明王朝终局传奇》也是如此，作者以大清入粤遭到"二陈一张"（顺德陈邦彦、广州陈子壮和东莞张家玉）的抵抗，搅动了整个珠三角并波及两广的抗清风云，牵出了南明小朝廷在风雨飘摇中依然腐败盛行最终难以维持的局势。这当中，护明与抗清、降清复叛清，以及对明亡清兴的认识，都不是用一两句话可以说清楚的。作者以民间人士邝露周转于各方力量之间鼓动与联络抗清，既展现出"二陈一张"的侠骨大义，也写出像曾任两广总督后遭免的丁魁楚那样欲自立为王取代南明皇帝的奸恶；既写出像李成栋那样有"嘉定三屠"劣迹，先降清、复抗清的民间草莽，也写出了像李觉非、郝员外及儿子郝思等为了私利而降清的无骨气、无正义。作者借邝露之口，道出了南粤人士在易代之际的人生抉择。"大明终局如何尚且勿论，看吧，神州之大，抗击清军最力最烈者，必是粤士！然后，粤士粉碎，城邑半消，惊天泣鬼而使中原男儿三代不敢正视岭外！"[1]这或许正是作者以民间视角去写作此书弘扬岭南正气的意图。

《南汉国传奇》则取五代十国时期偏安于岭南且是宦官当道的南汉国的一段历史铺衍成书。小说中的人物与事件看起来荒唐而不可信，但史实的真伪无须去考辨，边缘与中心的关系也不必多论，作者只是想将这个荒诞而近乎闹剧的小朝廷当作一个案例，去剖析王朝将倾必有诸多异事异人异象出现，而这一切又都归于那些昏庸的皇帝与大臣。从民间的角度去切入这个小朝廷内部的乱象描写，如南汉皇帝刘铄的昏聩与病态，宦官龚澄枢、陈延寿、郭崇岳等的肆意弄权争权，以及皇帝的女巫师卢琼仙、樊胡子的横行朝政，宫廷对

---

[1] 谢友祥：《南明王朝终局传奇》，中国言实出版社，2019，第80页。

犯人实行血腥的蛇刑与人象斗，等等，才会使得其中的主角胡琏以乱治乱、颠覆朝廷的文学真实得以成立。

作者所写的三部小说都与岭南一角的历史相关。一斑窥全豹，从岭南的这些历史片段中，作者也参悟到了中国历史尤其是朝廷历史，以及农民起义军历史的奥秘，他就是想通过这南天一角的历史去窥探中国历史变迁和民族融合，以及文化融合的轨迹，对中国历史中边缘如何渗透到中心并影响到两者的关系进行了文学性的阐释。

二

历史小说要求既见出作家如何观看历史，也见出作家如何观看历史中的人，重点也就在塑造人物，写出人与历史的交织与纠缠，写出人性在历史中的浮沉、变迁与升华的复杂性。观史见人，论人评史，就是历史小说家要履行的文学任务。

谢友祥三部历史小说对其中的主要人物都是敢下笔墨也肯下笔墨去塑造的，他敢给他们设置险境，敢给他们在出身与拼斗史中设置各种复杂关系，也浓墨重彩地去渲染他们的斗争史与情爱史，使得他们有血有肉，立得起，站得住。

《南明王朝终局传奇》中的邝露和李成栋就是他在此小说中着笔最多、用力最深的两个人物。邝露贯穿全书，只是一个儒生与幕僚，"二陈一张"组建义师奋力抗清、两广抗清力量的联合、南明小朝廷的维系和李成栋的叛清抗清，都少不了他那颗充满计囊的脑袋和能将石头说开花的三寸不烂之舌。他家中殷实，颇讲义气，暗恋着歌伎三乔，因放浪形骸被南海知县下狱并判处他离开南海。他一去九年，回来正赶上明崇祯皇帝吊死，隆武帝死于福建，朱由榔监国于广东肇庆，清兵大举南下之际，一个流浪者便与他的旧朋友陈子壮、陈邦彦、张家玉等发生了密切的关系，他充当了他们之间举兵抗清的联络人和军师。他流浪归来，还以银两资助了同样在流浪的李诃子，也就是后来的李成栋，这便有了他后来策反成为清将的李成栋重新归还明朝的铺垫。邝露曾多次出生入死，可都能化险为夷。他有时真的不那么怕死，但到最后又能从战场上退回他的海学堂，并携带他的妻子云娘归隐广西瑶山。他对明和清的看法不是那么单一，他鼓动陈子壮等人抗清，是想为弱者出头，也有着怕异族灭亡华夏的深层心曲。在与南明打交道之中，他看出了他们不过是视帝位与权力为己命而已，明朝的小朝廷虽是弱者，也未必全都值得怜悯，辅助它延长寿命反而是违背天常，延长了人祸。清朝不搞极端的民族压迫，招纳了许多汉人大学者和明朝降将，这使得大清远离了蒙元，透露出清淑之气。所以，他也不反对大清入主中国，只要对百姓用心，只要不危及华夏千年斯文，让大清统治中国三两百载，也不打紧。他从维护中华文化视角去看朝代更替，就视明、清易代为正常了。他明知抗清不一定会取得胜利，多打一年不过是让民众毫无意义地多苦一年罢了，但他依然要为抗清做些事，他不会为之后悔。

在邝露身上，作者寄托了太多的文化情怀与文化理想，他甚至能以他的人格与文化将充满匪性和血腥性的李成栋改造过来，成为一个可以收敛杀意甚至对女性显示温柔的人。邝露之人，守仁而清耿，聪慧而有担当，坚毅而不趋附，见识高标，独往独来，个性强烈，连他对三乔的爱恋和友谊，以及对云娘的爱护爱怜也是特立独行的，也算是乱世中的精英与奇才了。

从《南明王朝终局传奇》的第二部开始，作者就给李成栋较大的篇幅，不仅勾勒出他惨痛的少年苦难史，也揭示了导致他从小便养成野蛮、霸横、残忍性格的环境。

他屠杀父亲，出道做匪，后投靠李自成部下高杰，当了一员猛将。高杰因勾引李自成的女人被李自成拘捕，李成栋只好南下流浪，其间就被邝露接济过，相互有了交谊。等他北归，高杰已降明，李成栋也随之跟进。当高杰在明军中遭暗算，李成栋又反了明，打破睢州，不分青红皂白，泄愤狂杀。当清人劝降，并升他为徐州总兵，他便顺水推舟，跟随清军一直打到江南，制造了著名的"嘉定三屠"。在他以安徽提督衔从征南下广东，梦想着做两广总督时与佟养甲相遇，发生矛盾。在"二陈一张"起兵抗清风头受挫时，邝露抓住李、佟之间的矛盾，并力陈清室难以信任李成栋这种反复无常的三等奴才的利害，说服李成栋用计进入广州城内，软禁并挟持了佟养甲。佟养甲最后被人暗地里杀掉，才促使李成栋最终叛清，转向明朝。作者着笔写这样一个反来反去的人物，也是颇有用意的。对照着陈邦彦、陈子壮、张家玉为心中的正义与气节而壮烈捐躯来看，李成栋之流确实是不值一提，但正是环境与情势的不得已，以及个人性格、文化素养的不一样，才造成了个人在历史中选择的道路不一样，所处的地位与角色完全不一样。

　　个人被历史大潮裹挟，如果没有定力和见识，个人是很难超越环境与情势而做出正确选择的，更何况像李成栋这样的一介武夫。李成栋的结局是：没有接受邝露放弃攻打赣州城而先下吉安的建议，被清军拖住而兵败赣州城，最后又被清军追赶到信丰，走投无路，自沉于桃花江。他没有大进大退、大开大合的战略艺术，便是局限于他的出身、他的眼光、他的胸襟。虽然也算是一条好汉，但也只能是一个有历史污点的好汉，他反复无常的行为使他连一个英雄都算不上。文学作品中出现这样奇怪的人物，也是很独特的"这一个"了。

　　《南明王朝终局传奇》中人物写得出彩的不少，可以说是塑造了一群生动鲜活的文学形象，如张三乔、云娘、袁彭年、丁魁楚、陈邦彦、陈子壮、张家玉等等。尤其是写"二陈一张"的牺牲场景，笔墨不多，却显得回肠荡气，正气凛然。陈子壮被俘后遭到佟养甲实行锯刑，刽子手们弄不好架子，难以承锯，在那儿议论来议论去，莫衷一是。此时"陈子壮一旁悠悠开言：'奴才们，人，凭空怎锯？用两块木板夹定我，就好锯了，须从头往下。'刽子手们如醍醐灌顶，心窗大开，毫无人性地如法炮制，顺利解之"①。陈邦彦腿受重伤，被清兵围困于清远的朱氏园。他不食嗟来之食，只要纸笔墨砚，在长案上题诗两首，将佟养甲羞辱一番之后从容就义。张家玉在胸部受伤无法突围之时则是让部下将他与夫人连同担架绑在一起，抬起来放落于从化钟落潭的深潭之中。

　　三个人三种死法，却都是那样淡定、从容，视死如归。而张三乔之死则是泪中含笑，在她演完杜丽娘和柳生拜天地之后，"舞台上百灯齐灭，张三乔向台前扬手起身，腾空欲飞。而那边天际，正有一星如斗，光芒四射，朝她招手！观众惊骇一片"②。她为牺牲的张家玉殉情了。作者以一种隐喻式的笔调，给张三乔的死渲染出一种浪漫主义的审美情境和文化情怀。

---

① 谢友祥：《南明王朝终局传奇》，中国言实出版社，2019，第283页。
② 谢友祥：《南明王朝终局传奇》，中国言实出版社，2019，第331页。

《血日苍茫——太平天国在南方的最后一个传奇》中的人物数列王洪德与他的妻子粟子最为抢眼。洪德脚有残疾，从一个弹棉被的工匠成了太平军的军帅。随着天京陷落，翼王石达开老吃败仗，天国之内自相残杀，侍王李世贤惨败坠落永定河，退据东南一带的太平军日子越来越难过。他随康王汪海洋进入粤东，目睹了侍王生还却被康王排挤致死，太平军中鱼龙混杂，逐渐脱离了替穷人争天下讨公道的初衷，但他依然是天国的忠臣。他有勇有谋，攻下过兴宁城、长乐城，打过不少漂亮的胜仗，还率队伍在外做主力的奇兵，为太平军解围。他尽量做到不杀俘虏，还制止太平军攻下长乐城后乱杀和乱抢掠。他善待妇女，保护康王的夫人，也善待追随他的粟子。他俘虏并杀了恶贯满盈的清军将领康国器。面对十倍之敌，他杀至最后一个人，被俘之后被斩首。行刑当日，他还幽默地问"要跪下吗"，并且说道："我想也是。我太高了，站着不好砍。我方便方便你，你要让我的头与瞎子（指天将胡永祥——笔者注）靠在一起。"[1]这样一个从小受尽欺凌和苦难的农民在太平军中成长成熟起来，他善良和正直的品性受到人们的尊重。尽管作者对太平军最后的岁月充满惋惜与遗憾，也充满着批判和谴责，但对洪德却始终抱着赞赏的态度。

---

[1]谢友祥：《血日苍茫——太天国在南方的最后一个传奇》，广东人民出版社，2016，第334页。

作者笔下的人物并不完全以民族与阶级画线，而是依据人物的生活与成长的逻辑在立体地发展，不是一种扁平化的类型人物。同样，写粟子，也写出了她鲜明的个性，她爱憎分明，有计谋，有主见，认准洪德之后就主动追求，并为之牺牲一切。

《南汉国传奇》中人物驳杂，其中最有特点也能贯穿全书主线的人物就是胡琏。他是名儒之子，为营救父亲的朋友、因为存有胡宾王的《南汉志》而下狱的钟允章而孤身入朝，通过假阉割取得功名，入主朝廷，以计谋促成了南汉小朝廷的覆灭。他仗义而怜悯百姓，能出淤泥而不染，敢入龙潭虎穴与朝中坏人斗智斗勇，多次历险而能逃脱，也是一个具有传奇性质但个性突出的人物。作为一个虚构的文学性人物，作者以他的存在衬托出南汉国朝廷的窳败和荒唐，也映照出南汉国内各类荒淫腐败和人性灭绝的丑陋。通过胡琏这个人物，作者更好地表达了他对朝代末期尤其是残留的小朝廷的文化批判，指出了它们不能存在的文化理由。他正是通过对人物的描写与塑造，去剖析家国与历史、民族与文化的复杂关系，表达出他对中华文化历经磨难而绵延不绝的赞赏情怀。

三

民间视角自然会带动民间叙事，因为从民间的角度切入叙事，更利于作者放开手脚去写历史与人物，同时也更能将民间传说中的历史之谜融入文学性的探索之中，借以揭示历史中的各种纠葛，以及历史发展中的必然与偶然的关系。

在《血日苍茫——太平天国在南方的最后一个传奇》中，作者开篇就以清廷在挖了太平天国领袖洪秀全家的祖父、祖母在花县（今花都区）的坟茔的基础上，进而派出风水师南下要全面勘察洪家祖上的风水写起，引出了全书以出身于嘉应州程乡县石坑杨梅圳的洪德将军为小说核心的故事。据花县知县获悉，洪秀全家的根子在嘉应州程乡县石坑，清廷的风水师利用当地绅士的计谋，让杨梅圳的人自己将村背后的山脉挖断，将"减龙"办好了。减龙当年，出现异象，先是山上郁郁葱葱的毛竹、绿竹、大簕竹一半枯槁，从竹筒里流出成千上万只红头蚂蚁，而当年则有了太平天国天京的杨韦之乱，直接导致第二年翼王石达开的引兵出走，动摇天国的大体。其后八年，天王洪秀全驾崩，旋而天京陷落。此时，杨梅圳的竹子全部枯萎，一枝不剩。也正在天京陷落的第二年，洪德深夜回到家乡探望母亲。故事就这样拉开了序幕。

作者这样写，一方面是借助民间的传说和史实，以增加小说故事展开的神秘性。当年花县知县确实是挖掉了洪秀全家的祖坟，但洪秀全家族在嘉应州程乡县石坑则是民间的传说而已；另一方面，这开篇一章又像中国古典小说或者戏剧中的楔子，既引出了故事的主要人物，又带有预叙功能，给太平军最后在南方的结局做了铺垫。从叙事学的角度看，这不仅是节约笔墨，免去更多的叙述成分，直接切入故事的核心，还可以增加故事的吸引力，看得出作者是深谙中国小说的叙述之道的。

　　在《南汉国传奇》里，作者在第二章采用了流传于岭南的"孟尝两珠"散则世浊、合则世清的传言宕开故事，并使之贯穿全书，牵出了错综复杂的人物关系，并给胡琏最后颠覆南汉国朝廷做了铺垫。为了救好友钟允章出狱，胡宾王之子胡琏主动请缨，持一只孟尝珠入朝，献于握有另一珠的朝中重臣龚澄枢，以期得到信任。因为珠的失而复得，胡琏结识了疍家女嫚娘，为他在最后关头被沉江而得以不死做了铺垫，也为南方珠江流域民俗民风的书写打开方便之门。也因为以珠为饵，胡琏妻子素馨在得知胡琏已死的消息后，与丫鬟栀子行刺志在获得两珠的宦官陈延寿。由于行刺未果，素馨不得不嫁给义士马行远，以求他出手去击垮陈延寿。小说结尾是与胡琏一起入朝的高节接到胡琏的信反水，杀了陈延寿，割下他的头，连同孟尝珠一起献给宋军。孟尝珠的民间传说被作者天衣无缝地镶嵌到小说之中，与人物命运和王朝覆灭紧密地交织在一起，让叙事显得更有民间的审美趣味。

民间视角的打开，也为作者以狂欢化的方式展开人物描写和情节结构提供了方便，也使作品主题得以深化。

在《南汉国传奇》中，皇帝刘𬬮自小有窥人性交之癖，后来还发展到在宫内观看群交比赛。他好剥人皮，且亲手操作。又设立将犯人放入蟒蛇洞穴，或者让犯人与大象搏斗的刑罚，供自己取乐。他纵容他的奶娘卢琼仙专权，任她在宫内胡作非为，对着名册收受贿赂。又重用女巫师樊胡子，让她装神弄鬼，欺骗朝臣与百姓。在他的权力被宦官架空之后，他唯一的爱好就是不断地编织他的双龙珠鞍。正是通过这样的描写，将一个偏安一隅的小皇帝的荒淫、变态、残忍、无能，写得活灵活现。这样的皇帝必然控制不了朝政，会导致王朝的覆灭。胡琏的入朝以及施计捣乱，也便不是儿戏，而是可以乘机行事的。

《南明王朝终局传奇》中，仅隔一年发生两次民间以鸡化为凤凰，献祥瑞于南明皇帝的事件，连情节都大同小异，皇帝还信以为真，要将凤凰抬到市上供百姓瞻仰。南明皇帝的选秀，以及科考都成为儿戏，拍马屁的庞天寿还给皇帝在肇庆建了一个水月宫歌舞场，供永历皇帝与后妃临幸游乐。皇帝任用无德无能、放诞无定性的袁彭年，任他搅乱朝局，以致朝政和袁彭年本人都一时成为笑料。朝政到后期更是对官员起废无常，翻来覆去。

《血日苍茫——太平天国在南方的最后一个传奇》中太平军李正华懂得一些术数，被人识破，遭横塘围的人用从女人那儿收集来的沾腥带血的布条缠头缠身，破了法术。康王汪海洋与部下洪德和谭体元说话，还要隔着布幔，装神弄鬼。洪德发瘟病神志不清时，部下请来通神的童身，为其查一查究竟碰上何方鬼魅，并以童身发出的一男一女的对话，找到原因，终于驱走鬼魅，第二天洪德就恢复了神志。这样的描写，看似荒诞，但却很切合太平军部队当时的现实，据载，太平天国领袖包括洪秀全在内就曾经以"做梦通天法"笼络与取信部下，杨秀清、萧朝贵还会降僮法，在太平军内部流行小妖术和信巫术也便是正常的事。这也正预示着太平军不可摆脱它自身的局限，难成大器。荒诞化正是作者以狂欢化的写作来托出他文化深意的手段。

岭南的历史非常丰富，文化也多元多姿，不少故事牵涉到中国整个大历史的发展，而且还显得那么惊心动魄，如南越国，以及更南面的地区、年代更久远的历史、南宋的结局海战，等等，许多故事还埋在民间，等待发掘。

谢友祥以他的三部历史小说为我们揭开了岭南文化的一角，也为岭南地区的作者如何书写岭南历史、讲好岭南故事做出了表率，树立了标杆。他作为一个广东作家尤其是出身客家的作家，对地方文化与历史的稔熟，为他的创作奠定了坚实的基础，相信他今后的创作会更加出彩。从目前这三部作品看，《南汉国传奇》稍逊于另两部，而最后出版的《南明王朝终局传奇》思想与艺术水平显然比另外两部高出许多，也成熟许多，很值得阅读与评论。期望他的新作将会给我们带来更多惊喜。

（此文原载《粤海风》2020年第5期）